하브루타 학습법으로 생각을 키우는

진 독서논술

3권

초등 2학년

SiSO study

저자 박현창

한양대학교 국어교육과를 졸업하고 독서교육의 선구자인 박영목 교수님을 사사했습니다. 대학 졸업 무렵 은사의 권유로 국어 교재 연구에 뛰어들었고, 국어 교재 기획과 개발에서 영향력 있는 전문가로 활동하고 있습니다.

저서로는 〈기적의 독서논술〉 전 12권, 〈어휘 바탕 다지기〉 전 4권, 〈한자 어휘 바탕 다지기〉 전 4권, 〈퀴즈 천자문〉 2,3권, 〈퍼즐짱 한자박사〉가 있습니다.

재능한글, 재능국어 초중등 프로그램, 재능국어 읽기 학습 프로그램, 제6차 교육과정 고등학교 독서 교과 2종을 개발하였고, 중국 선전 KIS 국제학교 교사, 중국 선전 삼성 SDI 교육 자문 위원으로 활동했으며, 하브루타 창의인성 교육연구소 이사로 활동 중입니다.

저자 장성애

교육학을 연구하고 물음과 이야기가 있는 개념 있는 삶을 지향하는 하브루타 코칭과정을 개발했습니다. 독서, 학습, 토론, 상담, 머니십교육 등을 진행하며 마음샘 교육심리 연구소와 하브루타 창의인성 교육연구소 소장으로 활동 중입니다.

저서로는 〈영재들의 비밀습관 하브루타〉, 〈질문과 이야기가 있는 행복한 교실〉(공저), 〈엄마 질문공부〉가 있습니다.

유아부터 성인까지 다양한 학습자들을 만나면서 부모 교육과 교사 연수를 비롯해 각 교육 기관, 사회 기관, 기업 등에서 강의하고 있습니다.

진짜진짜 독서논술 3권 초등 2학년

초판발행	2021년 1월 5일
초판2쇄	2022년 7월 1일

글쓴이	박현창, 장성애
그린이	박정제, 이성희, 김유강
편집	김은경, 정진희, 김한나
펴낸이	엄태상
디자인	이건화
마케팅본부	이승욱, 왕성석, 노원준, 조성민, 이선민
경영기획	조성근, 최성훈, 정다운, 김다미, 최수진, 오희연
물류	정종진, 윤덕현, 양희은, 신승진

펴낸곳	시소스터디
주소	서울시 종로구 자하문로 300 시사빌딩
주문 및 문의	1588-1582
팩스	0502-989-9592
홈페이지	www.sisabooks.com/siso
네이버카페	시소스터디공부클럽 cafe.naver.com/sisasiso
네이버블로그	blog.naver.com/sisosisa
인스타그램	instagram.com/siso_study
이메일	sisostudy@sisadream.com
등록일자	2019년 12월 21일
등록번호	제2019 - 000149호

ISBN 979-11-91244-01-4 63800

머리말

　우리 아이들이 이미 접어들었고 살아가야 할 세상을 흔히 지식정보화 사회, 지식혁명의 시대라고 합니다. 그래서 고도의 이해와 표현 능력, 논리적이고 창의적인 듣기·말하기·읽기·쓰기가 요구됩니다. 사회와 학교에서 국어 교육의 중요성을 새삼 인식하게 된 까닭이 여기에 있습니다. 논리적이고 창의적인 언어 사용이란 이치에 맞게 조리 있게 말과 글을 쓰는 것이고 나아가 이미 존재하고 있었으나 미처 깨닫지 못했던 이치를 발견해 내는 것입니다. 요약하면 지식과 지혜입니다. 지식이 아는 것이라면 지혜는 그 앎을 적용 또는 활용하는 것입니다. 이 시대는 지식에서 추출하고 정제한 지혜가 더욱 필요한 때입니다. 지혜로운 듣기·말하기·읽기·쓰기가 세상과 사람에 대한 근본 원리를 이해하는 데 값어치를 합니다.

　그러나 국어 교육이 여전히 지혜보다는 지식에 편중되어 있음이 참 안타깝습니다. 지식을 외고 저장하기에 정신없이 바쁩니다. 물론 지혜의 바탕은 지식입니다. 하지만 딱 지식에만 머물러 있어서 교육에 들이는 노력과 비용이 아깝기만 합니다.

　지향할 가치가 바뀌었으니 당연히 그것을 성취할 방법과 평가도 바뀌어야 합니다. 이전 세대에게 적용되었거나 써먹었던 가치, 방법과 평가가 주는 익숙함의 관성을 탈피해야 합니다.

　논리적이고 창의적인 사고력은 사실 아이들이 어른들보다 훨씬 낫습니다. 서너 살 먹은 아이들을 보세요. 무엇인가 끊임없이 묻고 이해하려 듭니다. 그리고 시인의 감수성에 버금가게 감동적으로 표현합니다. 다만 어른들이 이해하지 못하고 받아들이기 껄끄러워할 뿐입니다. 어른들의 생각맞춤법에 어긋난다고 하여 얕잡아보고 무시해 왔지만 철학은 언제나 그들의 논리와 창의가, 지식과 지혜가 마땅하고 새삼 놀랍다고 증명합니다.

　그래서 해결책은 의외로 뻔하고 쉽습니다. 아이들에게 마음껏 의견을 내놓고 따지고 판단하는 토론의 멍석을 깔아주는 것입니다. 여기에 딱 한 가지 '고도'의 기술이 필요하기는 합니다. 아이들의 듣기·말하기·읽기·쓰기와 이를 바탕으로 한 토론에 그저 토닥토닥 격려하고 긍정의 추임새를 넣어주며 존중해 주는 것입니다. 그래서 이 책을 내놓습니다.

저자 **박현창**

3

우리 책을 소개합니다.

 1 진짜진짜 독서논술은 어떤 책인가요?

질문과 대화, 토론과 논쟁을 통해 창의적으로 답을 찾는 하브루타 학습법을 도입한 독서논술 학습서예요. 주어진 논쟁거리에 자유롭게 묻고 답하며 생각을 마음껏 키울 수 있어요. 더불어 읽기와 쓰기, 어휘 문제를 풀면서 국어력도 키워 줘요.

진짜진짜 독서논술은 언어 능력을 개선해서 사고력과 창의력을 키워 말과 글로 자기 생각을 표현할 수 있는 능력을 기르는 학습서예요.

2 하브루타 학습법이 무엇인가요?

하브루타는 짝을 지어 서로 질문을 주고받으며 공부한 것에 대해 논쟁하는 유대인의 전통적인 토론 교육 방법이에요.

정해진 답을 찾는 게 아니라 쟁점에 대해 다양한 생각과 시각을 나누는 창의적인 학습법이죠. 질문을 주고받는 과정에서 자신이 아는 것과 모르는 것을 인지해서 부족한 점을 보완하는 메타인지 능력도 키울 수 있어요.

하브루타 학습법은 사고력을 기르는 데 적합한 공부 방식으로, 우리 책은 토마토 모양에 하브루타식 질문을 담았어요.

3 왜 토마토 모양에 하브루타식 질문을 넣었나요?

토마토는 '토닥토닥 마음껏 토론하기'를 줄인 말이에요. 하브루타 토론을 마음껏 해 보기를 바라는 마음을 담은 표현이지요. 질문은 다섯 가지 유형으로 나눠지는데, 이 유형은 바로 사고력을 다섯 가지로 구분한 거예요. 사고력의 다섯 가지 유형은 다음과 같아요.

사실적 이해	추론적 이해	비판적 이해	창의적 이해	논리적 이해

토닥토닥 마음껏 토론해 봐.

사고력의 다섯 가지 유형을 소개합니다.

사실적 이해
읽은 내용을 사실 그대로 이해하고 표현하는 것

사실 1 이야기에 나온 이들을 강한 순서대로 번호를 써 보세요.

추론적 이해
직접 드러나지 않은 내용이나 생략된 부분을 이해하고 표현하는 것

추론 1 새앙애기가 세상에서 가장 강한 이를 신랑감으로 원하는 이유는 무엇일까요? 새앙애기의 마음을 짐작해서 써 보세요.

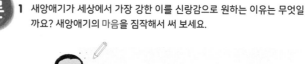

비판적 이해
일정한 기준에 따라 옳고 그름, 좋고 나쁨을 가치 판단하는 것

비판 3 관리인처럼 이 씨를 일꾼으로 보낸 게 이상하다고 생각하나요? 자신의 의견에 동그라미 치고 이유를 말해 보세요.

주인 할아버지가 이 씨를 일꾼으로 보낸 건 많이 이상해요.
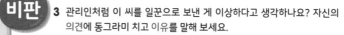이 씨를 일꾼으로 보낸 건 (이상해요 , 이상하지 않아요). 왜냐하면…

논리적 이해
원인과 결과를 논리적인 규칙과 형식에 맞게 이해하고 표현하는 것

논리 1 다림낭자는 지짐색시가 자신만 못하다고 생각해요. 그 이유가 무엇인지 이야기에서 찾아 문장으로 써 보세요.

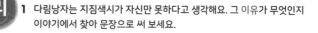
지짐색시는 나만 못해. 나는…

창의적 이해
읽은 내용을 바탕으로 상황과 조건에 맞게 생각을 창조하고 표현하는 것

창의 3 다른 사람 덕분에 일이 잘된 경험을 이야기해 보세요.

엄마 덕분에 우산을 챙겨 가서 비를 맞지 않았어요.
짝꿍 덕분에 게임 레벨을 올릴 수 있었어요.

5 무엇을 읽고 문제를 푸나요?

읽는 건 정말 중요해요. 하지만 **무엇을** 읽는지는 더 중요해요. 선별되지 않은 글을 마구잡이로 읽으면 오히려 **독해력을** 기르는 데 방해가 되죠.

진짜진짜 독서논술은 오랫동안 읽혀 충분히 검증된 글감을 선택했어요. 또한 어린이 연령에 맞게 새롭게 각색해서 재미있게 술술 읽을 수 있어요.

6 어떤 글감을 골랐나요?

2015개정 교육과정은 창의융합형 인재가 갖춰야 할 여섯 가지 핵심역량을 제시했어요. **자기관리 역량, 지식정보처리 역량, 창의적 사고 역량, 심미적 감성 역량, 의사소통 역량, 공동체 역량**이에요.

진짜진짜 독서논술은 이 핵심역량을 기르는 데 적합한 글감을 선별했어요. 창의융합형 인재로 성장하는 데 필요한 스스로 활동에 참여하고 주제를 탐구할 수 있는 글감을 골랐어요.

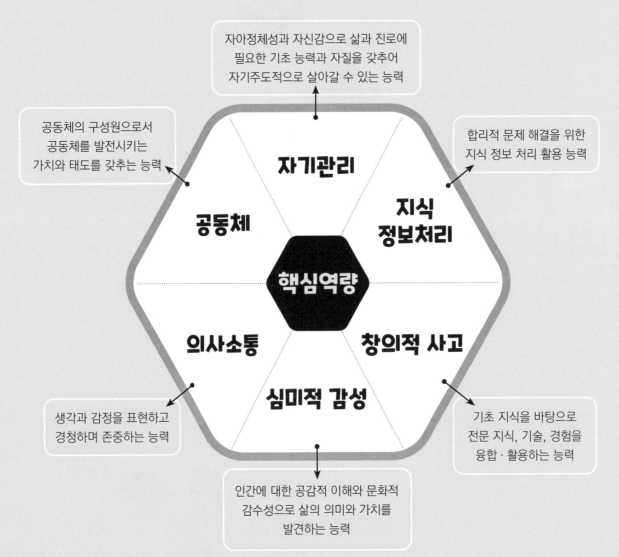

자아정체성과 자신감으로 삶과 진로에 필요한 기초 능력과 자질을 갖추어 자기주도적으로 살아갈 수 있는 능력

공동체의 구성원으로서 공동체를 발전시키는 가치와 태도를 갖추는 능력

합리적 문제 해결을 위한 지식 정보 처리 활용 능력

자기관리

공동체

지식 정보처리

핵심역량

의사소통

창의적 사고

심미적 감성

생각과 감정을 표현하고 경청하며 존중하는 능력

기초 지식을 바탕으로 전문 지식, 기술, 경험을 융합·활용하는 능력

인간에 대한 공감적 이해와 문화적 감수성으로 삶의 의미와 가치를 발견하는 능력

7 학습을 이끌어가는 캐릭터와 활동지를 소개합니다.

'진짜진짜 독서논술'은 창의융합형 학습을 주도적으로 해낼 수 있는 학습서예요. 학습이 어렵지 않도록 도움을 주는 캐릭터가 등장해요. 친근하고 재미있는 캐릭터를 따라가면서 즐겁게 학습할 수 있어요. 문제 해결에 도움을 주는 활동지도 있어요. 활동지를 적극적으로 활용하면서 학습에 도움을 받을 수 있어요.

가라사대왕

이야기나라를 다스리는 가라사대왕은 너무 바빠요. 그래서 사건을 해결해 줄 어린이를 찾아 가리사니로 임명하지요. 가리사니는 사물을 판단하는 힘이나 능력을 뜻해요. 우리 친구들이 가리사니가 되어 이야기나라의 문제를 해결해 보는 거예요.

뿌토

학습을 도와줄 친구도 있어요. 눈도 크고 귀도 커서 보고 들은 것이 많은 똑똑한 뿌토예요. 뿌토가 문제와 활동마다 등장해서 도움을 줄 거예요.

요지경

이야기의 줄거리를 미리 그림으로 살펴보는 활동지예요. 재미있는 그림을 보여주는 요지경 장난감처럼 '진짜진짜 독서논술'의 요지경도 즐거움이 가득해요. 직접 요지경을 만들고 재미있게 살펴보세요.

요지카

이야기에서 다룬 어휘를 선별해서 모아 놓은 낱말카드예요. 요지카의 어휘는 **서울대 국어 연구소**에서 제시한 **등급별 국어 교육용 어휘**에서 선별했어요. 난이도에 따라 별등급을 매겨 놓았어요.

우리 책의 구성을 소개합니다.

읽기 전 활동

준비하기

이야기를 이해하기 위해 배경지식을 확인하며 이야기에 대한 호기심을 높이는 활동

훑어보기

이야기에 나오는 그림을 먼저 보고 내용을 상상해 보면서 이해를 높이는 활동

읽기 활동

들어보기

주제를 생각하며 이야기를 직접 읽는 독해 활동

따져보기

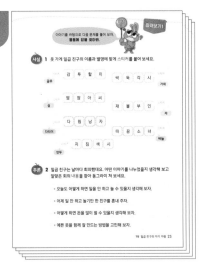

사고력을 기르는 하브루타식 문제를 풀어 보며 토론해 보는 활동

- **읽기 전 활동:** 내용을 짐작하고 관련 정보와 사전 지식을 검토해 보는 활동
- **읽기 활동:** 이야기를 읽고, 문제를 풀며 사고력을 높이는 활동
- **읽은 후 활동:** 이야기를 창의적, 논리적으로 해석하며 생각을 키우는 활동

읽은 후 활동

간추리기

내용을 잘 이해하고 기억하는지 확인하는 활동

짚어보기

창의융합형 활동으로 창의력을 기르는 활동

보고하기

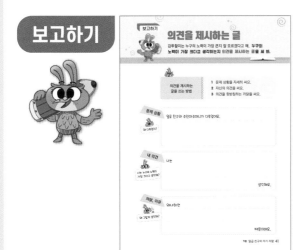

이야기의 주제를 창의적으로 해석해서 글로 표현하는 쓰기 활동

어휘다지기

주요 어휘와 낱말을 문제로 풀면서 익히는 어휘 활동

3권과 4권의 커리큘럼을 소개합니다.

권	장	제목	핵심역량	키워드	글감	관련 교과
3	1	일곱 친구의 자기 자랑	자기관리	자신감, 책임감	규중칠우쟁론기	• [국어 4학년 2학기] 의견이 드러나게 글을 써요 • [국어 2학년 1학기] 의견이 있어요 • [실과 5학년] 나의 자립적인 의생활
	2	토마토 재판	지식정보 처리	문제해결력, 판단력	닉스와 헤든 재판 이야기	• [국어 2학년 1학기] 친구들에게 알려요 • [사회 5학년 1학기] 우리 경제의 성장과 발전 • [사회 6학년 2학기] 사회 질서를 지키는 법원
	3	일꾼과 주인	심미적 감성	공평, 자비	성경	• [국어 2학년 1학기] 마음을 전하는 편지 쓰기 • [국어 3학년 2학기] 작품 속 인물이 되어 • [사회 4학년 2학기] 필요한 것의 생산과 교환
	4	세상에서 가장 강한 것	지식정보 처리	합리성, 타당성	우리나라 옛이야기	• [국어 2학년 2학기] 간직하고 싶은 노래 • [국어 1학년 2학기] 소리와 모양을 흉내 내요 • [국어 3학년 2학기] 글의 흐름을 생각해요
4	1	낙타 도둑	의사소통	통찰력, 자기주도	페르시아 옛이야기	• [국어 2학년 2학기] 말의 재미를 찾아서 • [국어 2학년 1학기] 차례대로 말해요 • [국어 3학년 1학기] 일이 일어난 까닭
	2	옥구슬은 누구 것인가?	공동체	도리, 정의	탈무드 '당나귀와 다이아몬드' 각색	• [국어 4학년 1학기] 내가 만든 이야기 • [국어 2학년 2학기] 말의 재미를 찾아서 • [국어 1학년 2학기] 인물의 말과 행동을 상상해요
	3	욕심쟁이 할멈과 할아범	자기관리	욕심, 이기심	톨스토이 작품 '사람에게 땅은 얼마나 필요할까?' 각색	• [국어 4학년 2학기] 독서 감상문을 써요 • [겨울 2학년 2학기] 두근두근 세계 여행 • [국어 2학년 2학기] 실감 나게 표현해요
	4	아침에 셋 저녁에 넷	창의적 사고	발상의 전환	고사성어 '조삼모사'에 전해지는 이야기	• [국어 1학년 2학기] 겪은 일을 글로 써요 • [수학 1학년 1학기] 덧셈과 뺄셈 • [가을 2학년 2학기] 마음을 전해요

차례

어? 라이브 방송 시간이다. 친구들이 많이 왔겠지?

나는 이야기나라의 가라사대왕이에요.
가리사니로 활동하는 멋진 친구들을 위해
라방에서 최고의 가리사니를 뽑을 거예요.
가리사니가 먼지 궁금하면 이야기를 끝까지
읽어 주세요. ♥

 이야기나라? 모험과 신비가 가득한 나라 뭐 그런 데인가요?

 ㅋㅋㅋ그건 ○○월드잖아….

 어? 오늘 최고의 가리사니를 뽑는 건가요? 저도 가리사니로 활동했어요! 저 뽑아 주세요!

 가리사니가 뭔가요?

 가리사니는 불가사리랑 비슷한 거 아닌가요?

 앗, 고양이다. 너무 예뻐요.

 전 이번에 가리사니가 되었어요. 너무 기대되네요.

 짝짝! 응원합니다!

가리사니는 여기 이야기나라에서 벌어지는 문제들을 해결해 주는 우리 친구들을 말해요. 내가 다스리는 **이야기나라**는 재미있고 별난 일이 많은 곳이에요. 온갖 동물과 식물, 하늘, 땅, 바다, 심지어는 귀신과 도깨비도 어울려 살아가는 곳이니까요.

2장 토마토 재판

1장 일곱 친구의 자기 자랑

3장 일꾼과 주인

4장 세상에서 가장 강한 것

하지만 말썽도 많고 따따부따 다툼도 많아요. 별난 물건, 엉뚱한 짐승, 남다른 이들이 모여 사니 그럴 수밖에요.

늘 그렇지만 문제가 생기면 모두들 나를 찾는답니다. 이게 무엇인지, 어떤 게 옳은지, 어느 게 진짜인지 가려 달라고 말이에요.

가리사니들이 도와주고 있지만 벅차고 힘들어요. 까다롭고 성가신 문제가 얼마나 많은데요!

그래서 여러분도 가리사니가 되어서 나를 도와주었으면 해요. **가리사니**라는 말은 사물을 판단하는 힘이나 능력을 뜻하는 순우리말에서 따왔어요. 벌써 많은 가리사니들이 들어와 애쓰고 있어요.

어렵지 않냐고요? 걱정하지 마세요. **뿌토**가 여러분을 도와줄 거예요.

○○○을
가리사니로
임명합니다.

16

안녕, 내가 바로 뿌토야.

부엉이처럼 큰 눈에, 토끼같이 귀가 크지? 그래서 처음에 이름이 '부토'였는데, 친구들이 장난스럽게 부르다 보니 **뿌토**가 되었어. 나는 눈과 귀가 커서 그런지 눈썰미도 좋고 잘 들어서 아는 것도 엄청 많아. 내가 가리사니들이 무엇을 따져 봐야 할지 콕콕 짚어 줄게.

가리사니가 되면 요지경과 요지카를 선물로 받을 수 있어. 재미있겠지? 그러니까 나만 믿고 잘 따라와!

요지경은 앞으로 만나게 될 이야기를 그림으로 먼저 보여 주는 요술 거울 같은 거야.

요지카는 중요한 낱말을 익히는 데 도움을 주는 요술 낱말 카드 같은 거야.

1장

일곱 친구의 자기 자랑

관련교과

💧 [국어 4학년 2학기] 의견이 드러나게 글을 써요

💧 [국어 2학년 1학기] 의견이 있어요

💧 [실과 5학년] 나의 자립적인 의생활

그림 도구와 화가

그림 도구들이 서로 잘난 체하면서 다투고 있어. 그림을 그리는 데 가장 중요한 도구는 무엇일까? **중요한 만큼 별표에 색칠해 봐.**

첫 번째 요지경

가라사대왕이 이야기나라의 보물, 요지경을 선물로 주었어.
요지경을 보면서 무슨 일이 벌어졌는지 짐작해 보자.

 먼저, 전개도를 이용해서 요지경을 직접 만들어 보자. 활동지 1~4쪽

 요지경에 있는 그림을 요리조리 살펴보자.

짐작되지 않거나
궁금한 그림에는 동그라미!

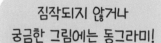

감투할미 이야기

이야기를 읽으면서, 중요한 낱말은 요지카로 익혀 보자.
낱말에 요지카 번호를 써 봐. 활동지 17쪽

나는 옷 가게에서 일하는 골무예요. 주인아주머니와 함께 옷을 만들고 **수선**하는 일을 하지요.

우리 가게에는 나 말고도 여섯 친구들이 더 있어요. 주인아주머니가 우리 일곱 친구에게 별명을 붙여 주었어요. 나는요, 제일 나이가 많아서 감투할미라고 불려요. 그리고 바늘은 따끔소녀, 자는 재볼부인, 가위는 싹둑각시, 인두는 지짐색시, 다리미는 다림낭자, 실은 땀땀아씨로 불린답니다. 우리 일곱 친구는 날마다 가게 문을 열기 전에 회의를 했어요. 함께 일을 잘하기 위해서 좋은 방법을 생각했지요.

이야기를 바탕으로 다음 문제를 풀어 보자.
물음에 답을 찾아봐.

사실 **1** 옷 가게 일곱 친구의 이름과 별명에 맞게 스티커를 붙여 보세요.

스티커 골무 | 감 투 할 미

싹 둑 각 시 | 스티커 가위

스티커 실 | 땀 땀 아 씨

재 볼 부 인 | 스티커 자

스티커 다리미 | 다 림 낭 자

따 끔 소 녀 | 스티커 바늘

스티커 인두 | 지 짐 색 시

추론 **2** 일곱 친구는 날마다 회의했대요. 어떤 이야기를 나누었을지 생각해 보고 알맞은 회의 내용을 찾아 동그라미 쳐 보세요.

- 오늘도 어떻게 하면 일을 안 하고 놀 수 있을지 생각해 보자.

- 어제 일 안 하고 놀기만 한 친구를 혼내 주자.

- 어떻게 하면 돈을 많이 벌 수 있을지 생각해 보자.

- 예쁜 옷을 함께 잘 만드는 방법을 고민해 보자.

그런데 글쎄, 오늘 아침에는 웬일인지 저마다 잘났다고 옥신각신하지 뭐예요. 모두들 옷을 만들고 고치는 데 자기가 제일 크게 노력했다고 잘난 체했지요.

재봉부인이 먼저 곧고 긴 허리를 으스대며 말하더라고요.

"옷을 지으려면 뭐니 뭐니 해도 옷감을 먼저 마련해야 해. 온갖 옷감의 길이와 **너비**를 내가 아니면 어떻게 재겠어. 그러니까 내 노력이 으뜸이지."

재봉부인 말이 끝나기가 무섭게 싹둑각시가 긴 다리로 성큼성큼 나섰어요.

"무슨 소리야, 옷감을 마련하면 뭐해. 내가 자르지 않으면 모양이 안 나올 텐데! 결국은 다 내 덕분이라고!"

이야기를 바탕으로 다음 문제를 풀어 보자.
물음에 답을 찾아봐.

 1 재봉부인과 싹둑각시는 무슨 일을 할까요? 빈칸에 모두 들어갈 수 있는 낱말을 써서 문장을 완성해 보세요.

나는 ☐ ☐ 의 길이와 너비를 재는 일을 해. ⬅

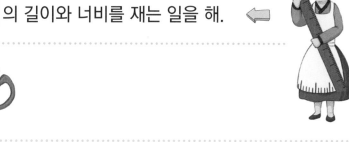

⇨ 나는 ☐ ☐ 을 모양대로 자르는 일을 해.

 2 만약 재봉부인과 싹둑각시가 없다면 어떤 일이 벌어질까요? 상상해서 그려 보세요.

이 옷감으로 길이가 무릎까지 오는 반바지를 만들어 주세요.

그러자 따끔소녀가 날씬한 허리를 내세우며 입을 삐쭉하더니 말했어요.

"둘 다 틀렸어. '구슬이 서 **말**이라도 꿰어야 보배'라는 말도 있잖아. 옷감이 있어도 꿰어서 이어 붙이는 내 솜씨가 아니라면 옷이 만들어지겠어? 재봉부인이 옷감을 재고, 싹둑각시가 자른다고 해도 내가 아니면 소용없으니까 자랑들 하지 마!"

그런데 듣고 있던 땀땀아씨가 얼굴이 붉으락푸르락하면서 이러더라고요.

"따끔소녀, 너 그게 다 내 덕분인 줄도 모르고 자랑이니? 네가 아무리 잘났다고 해도 내가 아니면 바느질이 한 **땀**이라도 될 것 같아?"

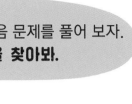
이야기를 바탕으로 다음 문제를 풀어 보자.
물음에 답을 찾아봐.

추론 **1** 따끔소녀가 말한 속담의 뜻은 무엇일까요? 잘 설명한 문장에 좋아요 스티커를 붙여 보세요.

> 아무리 좋은 것이라도 다듬어서 쓸모 있게 만들어 놓아야 가치가 있다는 뜻입니다.
> 스티커

> 구슬은 가치가 없는 물건이라는 뜻입니다.
> 스티커

> 평소에 쉽게 구하던 것도 꼭 필요해서 쓰려고 구하면 없다는 뜻입니다.
> 스티커

구슬이 서 말이라도
꿰어야 보배

논리 **2** 따끔소녀와 땀땀아씨는 어떤 사이일까요? 잘 설명한 내용에 동그라미 쳐 보세요.

바늘 가는 데
실 가는구나!

- 아무런 사이도 아니에요. ☐

- 물과 불 같은 사이예요. ☐

- 떼려야 뗄 수 없는 사이예요. ☐

창의 **3** 따끔소녀와 땀땀아씨처럼 매우 가까운 사이를 찾아 써 보세요.

나는 누구랑…

그래서 내가 좀 끼어들었죠.

"얘, 너 **어지간히** 좀 해라. 바느질할 때면 주인아주머니 손가락이 아프지 않게 하는 이 할미도 가만있는데 말이야. 땀땀아씨 넌 맨날 따끔소녀 뒤만 졸졸 따라다니면서 부끄럽지도 않니? 나는 말이야, 뾰족한 따끔소녀에게 찔려도 아무 말도 안 해. 물론 얼굴 가죽이 두꺼운 탓도 있지만. 정말 네 얼굴이 아깝다, 얘."

그랬더니 지짐색시도 끼어들었어요.

"참 나, 왜 쓸데없이 다투고그래? 누구 덕분에 바느질이 잘되었다고 칭찬받는지 모르는구나. 누구 덕에 꿰맨 자리가 젓가락처럼 반듯하게 될까? 서툰 바느질에 옷이 울룩불룩해도 내가 한 번 쓱 지나가면 감춰지걸랑. 내 덕분에 따끔소녀 솜씨가 빛나게 되는 거야."

이야기를 바탕으로 다음 문제를 풀어 보자.
물음에 답을 찾아봐.

 1 감투할미는 자신의 어떤 점을 자랑스러워하는 걸까요? 잘 설명한 문장에 골무 스티커를 붙여 보세요.

나는 손가락을 다치지 않게 보호해 줘. 스티커	나는 얼굴 가죽이 두꺼워서 찔려도 아프지 않아. 스티커	나는 따끔소녀 뒤만 졸졸 따라다니지 않아. 스티커

 2 지짐색시는 자신이 따끔소녀 솜씨를 빛낸다고 생각해요. 여러분은 이 의견에 동의하는지 동그라미 치고 이유를 말해 보세요.

왜냐하면…

나는 지짐색시 의견이 (맞다고 , 틀리다고) 생각해.

 3 다른 사람 덕분에 일이 잘된 경험을 이야기해 보세요.

엄마 덕분에 우산을 챙겨 가서 비를 맞지 않았어요.

짝꿍 덕분에 게임 레벨을 올릴 수 있었어요 .

그러자 다림낭자가 이때다 하고 나서지 뭐예요. 다림낭자는 **넙데데한** 얼굴에 웃음을 지으며 말했어요.

"지짐색시, 너랑 나랑은 비슷한 일을 하기는 해. 하지만 너는 나만 못하지. 넌 겨우 바느질한 데만 다리잖아. 나를 봐, 구석구석 구겨진 곳이면 다 다릴 뿐만 아니라 옷이란 옷은 가리지 않고 다 다릴 수 있어. 내가 아니면 어떻게 구김 없는 옷이 되고, 어떻게 예쁜 옷이 될 수 있겠어? 그러니까 너희들이 뭐라고 해도 내 노력이 제일인 거야. 알겠어?"

그런데 말이지요. 주인아주머니는 우리 일곱 친구가 다투는 걸 지켜보고 있었나 봐요. 주인아주머니가 말했어요.

"어머, 얘들 좀 봐! 얘들아, 내가 너희와 함께 옷을 만들고 고치고 하지만 말이야. 너희 재주도 내가 너희를 잘 쓰니까 빛나는 거 아니겠니? 그런데 왜 너희 덕분이라고 하는 거야?"

이야기를 바탕으로 다음 문제를 풀어 보자.
물음에 답을 찾아봐.

 1 다림낭자는 지짐색시가 자신만 못하다고 생각해요. 그 이유가 무엇인지 이야기에서 찾아 문장으로 써 보세요.

 지짐색시는 나만 못해. 나는⋯

 2 지짐색시가 다림낭자의 말을 듣고 뭐라고 했을까요? 생각해 보고 써 보세요.

 3 주인아주머니가 다음 말을 이어서 한다면 뭐라고 할까요? 생각해 보고 써 보세요.

너희 재주도 내가 너희를 잘 쓰니까 빛나는 거 아니겠니? 그런데

왜 너희 덕분이라고 하는 거야?

주인아주머니는 가소롭다는 표정으로 우리를 싹 물리치더니 가게 밖으로 나가 버리더라고요.

친구들은 당연히 구시렁구시렁했지요. 옷을 만들고 고칠 때는 아무렇게나 부려 먹으면서 우리가 고생하는 것은 모른 체한다고요.

재봉부인은 허리가 아파 죽겠다고 툴툴대고, 싹둑각시는 **툭하면** 날이 드니 안 드니 하면서 괜한 트집을 잡는다고 볼멘소리를 했어요. 따끔소녀도 조금만 마음에 들지 않으면 내다 버린다고 **맞장구**쳤어요. 지짐부인은 얼굴이 매일 뜨겁게 달아오르는 것을 겨우 견디며 일하는데 고마운 줄도 모른다고 울먹였어요. 다림낭자는 옷을 다리다가 손바닥을 홀랑 데었다며 목소리를 높였어요.

주인아주머니가 우리 재주를 형편없다고 구박하고, 솜씨가 서툴다고 핀
잔만 준다고 모두들 불만을 늘어놓았어요.

나는요, 그러면 안 된다고 말렸지요. 하지만 친구들 말도 맞는 것 같아요.
또 가만히 생각해 보면 주인아주머니 말도 맞는 것 같고요.

아이고, 모르겠어요. 이쪽 말을 들으면 이쪽이 옳고,
저쪽 말을 들으면 저쪽이 옳은 것 같아요.

우리 중에서 누구의 노력이 가장 큰 걸까요?

별명 본명

일곱 친구는 본래 이름이 아닌 별명으로 불렸어.
별명과 본명을 쓰고, 다른 별명도 지어 봐.

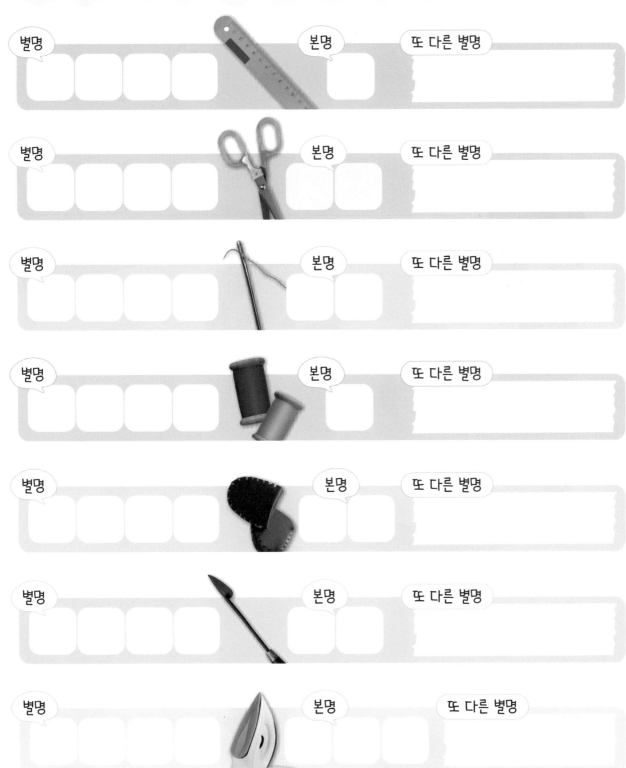

별명　　　　　　　　　　본명　　또 다른 별명

별명　　　　　　　　　　본명　　또 다른 별명

별명　　　　　　　　　　본명　　또 다른 별명

별명　　　　　　　　　　본명　　또 다른 별명

별명　　　　　　　　　　본명　　또 다른 별명

별명　　　　　　　　　　본명　　또 다른 별명

별명　　　　　　　　　　본명　　또 다른 별명

옷 가게 스타

옷 가게에서 일곱 친구와 주인아주머니가 하는 일을 생각해 봐.
각자 하는 일에 맞게 알맞은 번호를 써 줘!

1 옷감 재기	**5** 옷감 자르고 베기
2 옷의 구김 펴기	**6** 바느질하기
3 바느질 울룩불룩한 곳 펴기	**7** 바늘을 도와 꿰매기
4 바늘 밀어 주기	**8** 일곱 도구 쓰기

너 아니면

주인아주머니는 정말 일곱 친구가 없으면 안 될지 생각해 봤대.
**없으면 안 될 것에 ○표, 대신할 만한 게 있으면 △표,
없어도 될 만한 것에 ×표 해 봐.**

볼멘소리

일곱 친구는 다 한 군데씩 아픈 데가 있어서 볼멘소리를 했어.
친구들이 낫도록 상처 밴드에 알맞은 치료 방법을 써 봐.

상처는 호~
호시딘을 발라요.

매일 바늘에 찔려서 아파요.

허리가 부러질 것 같아요!

날카롭게 날이 서 있어서 피곤해요!

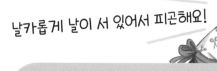

머리가 닳아 없어질 것 같아요!

마구 뒤엉켜서 어지러워요!

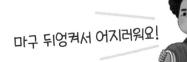

얼굴이 화끈거려 미치겠어요!

손바닥을 홀랑 다 데었어요!

친구들 토론

일곱 친구가 주인아주머니와 계속 일을 할까 말까 토론하고 있어.
네 생각에 동그라미 치고 왜 그렇게 생각하는지 이유도 써 봐.

일곱 친구가 주인아주머니와 함께 일하는 데

찬성합니다

이유 1
주인아주머니가 일곱 친구를
쓰는 덕분에 예쁜 옷이
만들어지는 거예요.

이유 2
일곱 친구가 다투어서
주인아주머니가 잠시
화가 났을 뿐이에요.

반대합니다

이유 1
주인아주머니는
일곱 친구를 부려 먹으면서
고생은 모른 척해요.

이유 2
주인아주머니는
일곱 친구의 재주가
형편없다고 구박해요.

 이유 3

삐친 친구들

친구들이 주인아주머니에게 삐쳐서 함께 일하지 않기로 했대.
어떤 일이 벌어질지 상상해서 그림으로 그리고, 글로 써 봐.

바느질을 해야겠다….

어? 바늘이 어디로 갔지?

마네킹에게

마네킹이 중요한 일을 한 친구에게 훈장을 주려고 해. **마네킹 입장이 되어서 중요하다고 생각하는 만큼 훈장에 색칠해 봐.**

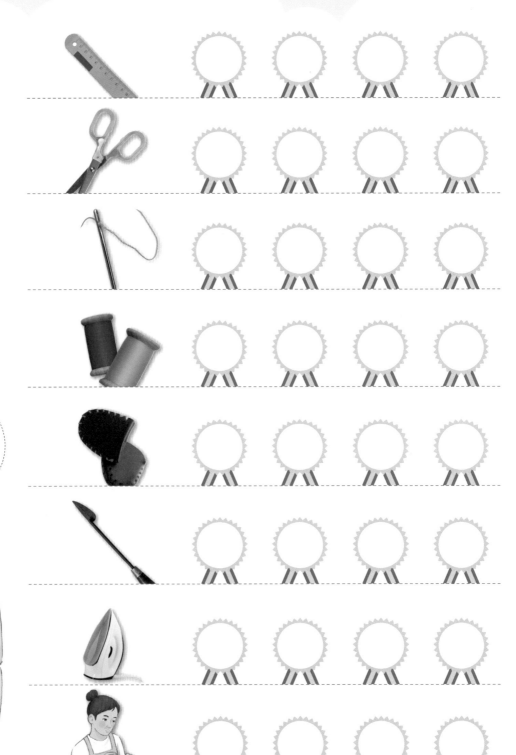

내가 정해 줄 테니까 얼른 옷부터 만들어 주면 안 될까…?

의견을 제시하는 글

감투할미는 누구의 노력이 가장 큰지 잘 모르겠다고 해. **누구의**
노력이 가장 크다고 생각하는지 의견을 제시하는 글을 써 봐.

| 의견을 제시하는
글을 쓰는 방법 | **1** 문제 상황을 자세히 써요.
2 자신의 의견을 써요.
3 의견을 뒷받침하는 까닭을 써요. |

문제 상황

왜 다투었지?

일곱 친구와 주인아주머니가 다투었어요.

내 의견

너는 누구의 노력이
가장 크다고 생각해?

나는

생각해요.

까닭, 이유

왜 그렇게 생각해?

왜냐하면

때문이에요.

일곱 친구 뒤풀이

일곱 친구가 낱말 퀴즈 뒤풀이를 열었어. 낱말 퀴즈를 풀어서
가리사니 힘을 다져 보자고. **요지카를 보면서 문제를 풀어 봐.**

1 다음은 무엇의 많고 적음이나 정도를 나타내는 낱말들입니다. 빈칸에 들어갈
알맞은 낱말을 써 보세요.

높고 낮음은 ➡ 높 이

길고 짧음은 ➡ 길 이

넓고 좁음은 ➡ ☐ ☐

2 지짐색시의 실수로 메모지에 써 있는 글자 일부분이 타 버렸어요. 타 버린 곳
에 들어갈 낱말을 요지카에서 찾아 써 보세요.

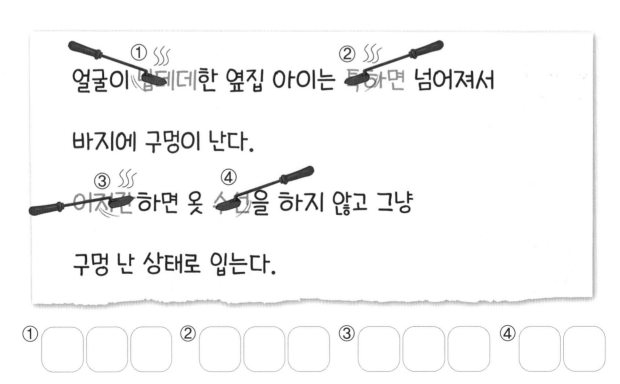

얼굴이 넙데데한 옆집 아이는 ☐☐하면 넘어져서

바지에 구멍이 난다.

☐☐☐하면 옷 수선을 하지 않고 그냥

구멍 난 상태로 입는다.

① ☐ ☐ ☐   ② ☐ ☐   ③ ☐ ☐ ☐   ④ ☐ ☐

3 다음은 악기 장구랑 비슷한 말 같지만 다른 낱말들이에요. 장구는 장구인데 무슨 장구인지 뜻에 맞는 낱말을 찾아 선을 긋고 빈칸에 들어갈 낱말을 써 보세요.

책상에 걸터앉아 발을 들었다 놓았다 할 때는 ⊙

⊙ ☐ 장 구

물에서 헤엄칠 때는 ⊙

⊙ 발 장 구

친구 말이 맞다고 할 때는 ⊙

⊙ 물 장 구

이 장구가 아니네…

4 소리는 같아도 뜻이 전혀 다른 말이 있어요. 왼쪽의 낱말과 같은 뜻으로 쓰인 낱말을 오른쪽에서 찾아 문장에 동그라미 쳐 보세요.

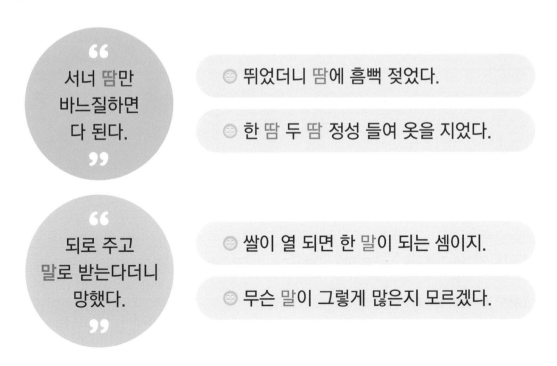

" 서너 땀만 바느질하면 다 된다. "

⊚ 뛰었더니 땀에 흠뻑 젖었다.

⊚ 한 땀 두 땀 정성 들여 옷을 지었다.

" 되로 주고 말로 받는다더니 망했다. "

⊚ 쌀이 열 되면 한 말이 되는 셈이지.

⊚ 무슨 말이 그렇게 많은지 모르겠다.

2장
토마토 재판

토마토를 두고 과일인지 채소인지 가리는 재판이 있었나 봐. **토마토는 과일인지 채소인지 따져 보고 네 생각을 얘기해 봐.**

수상한 과일 가게

어느 과일 가게인데, 과일만 파는 게 아닌가 봐. **이름에 맞게 스티커를 붙이고, 과일이 아닌 것에 동그라미 쳐 봐.**

수상한 과일 가게

맛날수박에
10,000원

스티커

한번먹어볼감
7,000원

스티커

바라바라바라밤
9,000원

스티커

얼른사과세요
5,000원

스티커

참외로울때는
5,000원

스티커

얼토당토마토
7,000원

스티커

칭찬댓글딸기
6,000원

스티커

까먹어봤땅콩
10,000원

스티커

사먹어바나나
3,000원

스티커

두 번째 요지경

가라사대왕이 이야기나라의 보물, 요지경을 선물로 주었어.
요지경을 보면서 무슨 일이 벌어졌는지 짐작해 보자.

 먼저, 전개도를 이용해서 요지경을 직접 만들어 보자. 활동지 5~8쪽

 요지경에 있는 그림을 요리조리 살펴보자.

짐작되지 않거나
궁금한 그림에는 동그라미!

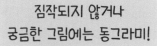

토마토 이야기

이야기를 읽으면서, 중요한 낱말은 요지카로 익혀 보자.
낱말에 요지카 번호를 써 봐. 활동지 19쪽

치, 다들 왜 그러는지 모르겠어요!

나를 두고 과일이네 채소네 말이 많더라고요.

아, 또 누구는 '열매채소'라고도 하더라고요. 정말

내가 뭔지를 두고 왜들 다투는지 모르겠어요.

저야 보다시피 토마토인데요. 제가 과일인지 채소인지

가리기 위해 다툼까지 벌어졌대요. 그러다 결국 저를 두고 재판까지 열

렸다지 뭐예요. 옥신각신 다투다가 끝까지 결판이 나지 않자 제가 무엇

인지 가려 달라고 재판까지 하게 되었대요, 참 나!

재판은 과일 상인 닉스 씨가 세금 관리인 헤든 씨를 상대로 신청했다고

해요. 이 재판은 누가 이겼을까요? 이야기를 따라와 보세요.

이야기를 바탕으로 다음 문제를 풀어 보자.
물음에 답을 찾아봐.

창의 **1** '토마토'를 머릿속에 떠올리면 무엇이 생각나나요? 생각나는 것들을 써서 생각그물을 만들어 보세요.

닉스 씨는 뉴욕에서 과일을 수입해서 팔고 있었어요. 당연히 토마토를 과일이라고 생각했지요. 헤든 씨는 외국 물건을 수입할 때 세금을 거둘지 말지 **판단하는** 일을 했어요. 그런데 헤든 씨는 토마토를 채소라고 생각했어요.

닉스 씨는 **얼토당토않다**고 펄쩍 뛰었대요. 왜기는요? 채소는 외국에서 사들여 올 때 세금을 거두지만 과일은 그러지 않았거든요. 닉스 씨 입장에서는 토마토가 채소가 되면 세금을 내야 하니까 보통 일이 아니었겠죠. 토마토를 사 온 값에다 세금까지 내면 손해가 나니까요. 반면에 헤든 씨 입장에서는 수입해서 들여올 때 세금을 거두려면 토마토는 채소가 되어야 했겠죠.

이야기를 바탕으로 다음 문제를 풀어 보자.
물음에 답을 찾아봐.

 사실 **1** 닉스 씨의 주장과 헤든 씨의 주장은 무엇인가요? 알맞은 낱말을 써서 문장을 완성해 보세요.

토마토는   입니다.

닉스 그래서   을(를) 내지 않아야 합니다.

토마토는   입니다.

그래서   을(를) 내야 합니다. 헤든

 창의 **2** 여러분이 좋아하는 과일과 채소를 그리고 소개하는 글을 써 보세요.

내가 좋아하는
과일을 소개합니다.

내가 좋아하는
채소를 소개합니다.

　사실 헤든 씨가 외국에서 사들여 오는 채소에 세금을 거둔 데는 그럴 만한 이유가 있었어요. 채소를 외국에서 싼값에 잔뜩 사들여서 싸게 팔아 버리면 어떻게 되겠어요? 사람들이 싼 외국 채소만 사겠지요. 그러면 채소를 키우는 농부들은 채소를 팔지 못해서 살기 어려워질 거예요. 그래서 나라에서는 농부들을 보호하려고 수입해서 들여오는 채소에 세금을 거두는 거예요. 사람들이 토마토를 많이 먹다 보니까 외국에서 수입하게 되었고 세금을 거두는 일로 다툼까지 벌어진 거예요.

　결국 세금 문제로 시작된 다툼은 토마토가 과일이냐 채소냐를 놓고 재판까지 가게 되었어요. 재판장이 과일이라고 **판정하면** 세금을 물지 않게 되고, 채소라고 하면 세금을 내야 하니까요. 닉스 씨는 과일이 맞다, 헤든 씨는 무슨 소리 채소가 맞다, 서로 재판에서 **왈가왈부하게** 되었지요.

세금

이야기를 바탕으로 다음 문제를 풀어 보자.
물음에 답을 찾아봐.

추론

1 다음 만화에서 헤든 씨 입장이 되어 마지막 말을 써 보세요.

논리

2 토마토 재판이 열린 이유가 무엇인지 잘 설명한 친구에게 토마토 스티커를 붙여 주세요.

그런데 누가 이겼는지 아세요? 재판에서는 어떻게 **판결했는지** 궁금하지요? 글쎄, 그게 말이에요, 미리 말하자면 닉스 씨가 지고 말았대요. 어떻게 된 영문이냐고요? 재판을 한번 들여다볼까요?

재판장은 말했어요.

"과학적으로 보면 토마토는 과일이 맞습니다. 과일은 심어서 가꾸는 식물의 맛 좋은 열매니까요. 토마토는 덩굴식물의 열매니까 과일이 맞습니다."

여기까지 들어 보면 헤든 씨가 진 것 같지만 끝까지 들어 보세요.

"하지만 사람들의 생활에 비춰 보면 그렇지 않습니다. 과일이라고 하면 **으레** 밥을 다 먹은 뒤에 먹기 마련입니다. 밥을 다 먹은 뒤에 토마토를 후식으로 먹는 이는 없습니다."

54

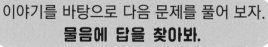

이야기를 바탕으로 다음 문제를 풀어 보자.
물음에 답을 찾아봐.

 1 재판장은 '과일'이 무엇이라고 설명하나요? 알맞은 내용을 이야기에서 찾아 써 보세요.

"과일은
_____
(이)다."

 2 재판장의 말 중에서 틀리다고 생각하는 부분을 이야기에서 찾아 <u>밑줄을</u> 긋고 틀린 이유를 반박해서 써 보세요.

 3 재판에서 진 닉스 씨는 어떻게 될까요? 알맞다고 생각하는 의견에 모두 동그라미 쳐 보세요.

● 닉스 씨는 이제 세금을 내야 해.

● 닉스 씨는 더 이상 토마토를 수입하지 않을 거야.

● 닉스 씨는 억울하다고 재판을 다시 신청할 거야.

● 닉스 씨는 이제 토마토를 먹지 않을 거야.

재판장이 여기까지 말하자 뒤가 더 궁금해졌어요.

"채소는 사람의 아침, 점심, 저녁 끼니가 되는 음식으로 쓰는 식물입니다. 채소는 한 끼 식사가 되는 음식에 쓰이는 것이지요. 그렇다면 토마토는 한 **끼** 음식을 만드는 데 쓰이는 것이니, 따라서 채소라고 하는 것이 옳습니다."

재판장의 말을 듣고 닉스 씨는 화가 나서 따졌어요.

"토마토는 멕시코가 고향인데, 멕시코 말로 '토마틀'이라고 하며 '속이 꽉 찬 과일'이란 뜻입니다. 이것만 봐도 과일이 틀림없다고요!"

하지만 소용없었어요. 재판은 헤든 씨 편을 들어주었지요. 이렇게 해서 토마토는 채소가 되었어요.

56

이야기를 바탕으로 다음 문제를 풀어 보자.
물음에 답을 찾아봐.

1 재판장의 판결을 세 문장으로 정리해 보았어요. 마지막 문장에 들어갈 내용을 써 보세요.

● 채소는 음식으로 쓰는 식물입니다. `1`

● 토마토는 음식을 만드는 데 쓰입니다. `2`

● 따라서 토마토는 ✏️ _____ `3`

2 닉스 씨의 말을 듣고 친구들이 보인 반응이에요. 어떤 반응이 가장 적절하다고 생각하는지 동그라미 치고 이유를 말해 보세요.

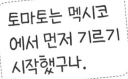

토마토는 멕시코에서 먼저 기르기 시작했구나.

멕시코 사람들은 과일을 좋아하는구나.

멕시코 사람들은 토마토를 과일로 생각하는구나.

멕시코에는 과일이 많구나.

3 재판장의 결정에 점수를 매기고, 그렇게 점수를 준 이유를 말해 보세요. (점수는 1점부터 10점까지 줄 수 있어요.)

재판장의 결정은 10점 만점에 _____ 점이야.

왜냐하면…

그런데 좀 웃기지 않아요? 무슨 말장난 같아요. 과일이기는 하지만 음식으로 만들어 먹으니 채소라고 해야 한다니 말이에요. 뭐라는 건지 도무지 모르겠어요.

그래서 아마도 '열매채소'라는 말을 따로 만들었나 봐요. 식물의 뿌리나 줄기가 아니라 수박, 참외와 같이 열매를 먹는 채소를 열매채소라고 하는데요. 과일인지 채소인지 긴가민가하니까 그런 이름을 붙인 것 같아요. 사실 저는요, '일년감'이라는 한글 이름도 있어요. 일 년 사는 감이라는 뜻이지요. 또 옛날에는 '남만시'라고 했대요. '남쪽에서 온 감'이라는 뜻이래요.

58

사실 저는 과일이든 채소든 뭐가 되든 상관없어요. 과일이면 어떻고 채소면 어떻고 또 열매채소면 어때요. 사람들도 과일 가게에서든 채소 가게에서든 저를 사고팔잖아요. 사람들에게 사랑받는 좋은 먹거리가 된다면 그저 그만이지요.

의사들도 저를 즐겨 먹으면 병원에 갈 일이 없다고 했대요. 전 본래 속이 꽉 찼거든요. 하하!

음, 하지만 재판까지 열어서 나를 두고 어쩌고저쩌고하는 건 싫어요. 그러면 제 얼굴이 더 빨개지거든요. 아무튼 이번 **참**에 토마토가 과일인지 채소인지 좀 가려 주세요.

토마토 재판

재판장이 토마토 재판의 내용이 적힌 사건 기록을 들여다보고 있어.
알맞은 내용을 써서 사건 기록을 완성해 봐.

사건 번호	20201004호
사건 이름	_____ 사건
일어난 곳	미국 _____
원고	과일 상인 _____ 씨
피고	세금 관리인 _____ 씨

사건 개요

이 사건은 _____

_____

_____

_____

토마토의 정체

토마토는 하나인데 저마다 토마토를 다르게 설명하네.
이야기에서 토마토를 어떻게 설명하고 있는지 빈칸에 써 봐.

끼니가 되는
음식으로 쓰는
식물이니까…

심어서 가꾸는
식물의 맛 좋은 열매니까…

일 년 동안 사는 감이라고 해서…

열매를 먹는 채소니까…

멕시코에서는 속이 꽉 찬
과일이라고 해서…

남쪽에서
왔다고 해서…

디저트 채소

닉스 씨는 밥을 먹은 뒤에 후식으로 먹는 채소가 있다는 것을 나중에 깨달았대. **후식으로 먹는 채소를 찾아 동그라미 쳐 봐.**

토마토도 후식

토마토를 후식으로 먹는 방법을 뿌토에게 물어보았어. **뿌토처럼 토마토를 후식으로 먹는 방법을 생각해서 그림으로 그려 봐.**

친구들, 토마토를 후식으로 먹는 경우가 없을까? 있다면 말이야, 재판장 코를 납작하게 만들어 줄 텐데!

토마토 아이스크림

아이스크림으로 만들어 먹으면 더 맛있어.

토마토 주스

토마토 주스를 마시면 건강해질걸.

토마토 케이크

토마토 케이크가 최고!

토마토 셔벗

토마토 셔벗은 입에서 사르르 녹는다고!

닉스 씨 화풀이

재판에서 진 닉스 씨가 토마토를 파는 가게 이름을 보고는 심통이 나서
가게 이름을 고쳐 버렸대. **뭐라고 고쳤을지 생각해서 써 봐.**

64

채소냐 과일이냐

실은 재판장도 헷갈려서 학자들에게 몰래 물어보았대. **학자들은 토마토를 채소와 과일 중 무엇이라고 했을지 알맞은 곳에 V표 해 봐!**

나무 식물의 열매는 과일이고요.
줄기 식물의 열매는 채소랍니다.
토마토는 줄기 식물의 열매니까…

☐ **채소**　　☐ **과일**

과일은 씨를 가진 씨주머니가
충분히 알맞게 익은 것인데요.
토마토도 그 씨주머니가 다 자란 것
이에요. 그러니까 토마토는…

☐ **채소**　　☐ **과일**

맛이 얼마나 단지 생각해 보면 돼요.
단 정도가 보통 과일의 반이나 그보다
덜 달면 채소예요. 토마토는 과일의
반보다 덜 달아요. 그러니까…

☐ **채소**　　☐ **과일**

무엇인감

감이 토마토의 한글 이름 '일년감'이 마음에 들지 않아서 바꾸려고 한대.
이름을 골라서 토마토 스티커를 붙이고 선택한 이유를 말해 봐!

알다가도
모르는감?

스티커

빼도 박도
못하는감?

스티커

그게
그거인감?

스티커

토마토가 일 년 내내 감이면
나는 뭐야!

긴가민감?

스티커

엿장수
마음대로인감?

스티커

코에 걸면 코걸이
귀에 걸면 귀걸인감?

스티커

어쭈, 쟤 좀 봐.
감 놓아라 배 놓아라 하네.

설명하는 글

토마토는 과일일까, 채소일까? **토마토에 대해 설명하는 글을 쓴 다음, 토마토가 과일인지 채소인지 네 생각을 써 봐.**

제목:

> 내용이 잘 드러나게 제목을 써 봐.

	설명하는 대상	
	설명하는 까닭	
특성	맨 처음 자라난 곳 (원산지)	
	과일의 특성	
	채소의 특성	채소는 한 끼 식사가 되는 음식인데, 토마토도 한 끼 음식을 만드는 데 쓰입니다.

설명하고 싶은 게 무엇인지 써 봐.

설명하고 싶은 이유를 써 봐.

특별한 점을 찾아서 써 봐.

토마토는 _____ 입니다. 왜냐하면 _____

_____ 때문입니다.

토마토 뒤풀이

토마토가 낱말 퀴즈 뒤풀이를 열었어. 낱말 퀴즈를 풀어서
가리사니 힘을 다져 보자고. **요지카를 보면서 문제를 풀어 봐.**

1 소리는 같아도 뜻이 다른 낱말이 있어요. 다음 문장에서 뜻이 다른 낱말을 찾아
동그라미 쳐 보세요.

끼가 많은 사람이 연예인이 되더라.

너는 하루에 몇 **끼**를 먹니?

어려서부터 미술에 **끼**가 있었어.

'끼'로 소리 나지만
뜻이 다르네.

나도 숙제를 마치고 막 나가려던 **참**이었어.

참, 아까 나한테 보여줄 게 있다고 했지?

아이, 선생님도 **참**!

다 같은 '참'이 아니네,
거참.

2 헤든 씨가 설명하는 낱말이 재판장의 말에 숨어 있어요. 어떤 낱말인지 찾아서
써 보세요.

"
여느 때와
마찬가지로,
늘 하던 대로…
"

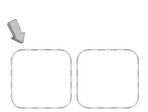

"
으음,
이번 사건은
스트레스가 심한데!
"

3 뜻이 비슷한 '판정, 판단, 판결'을 알맞은 곳에 써 넣어서 신문 기사를 완성해 보세요.

○○월 ○○일 ○요일 오늘의 사건

토마토는 채소!

토마토가 채소인지 과일인지 ☐☐ 하기 어려워지자

재판에서 가리기로 했습니다. 법원의 ☐☐ 에 관심이

쏠린 가운데, 재판장은 토마토가 채소라고

☐☐ 했습니다.

시소신문

4 재판장과 닉스 씨가 흥분한 나머지 말이 헛나갔어요. 헛나간 말을 바르게 고쳐 서 써 보세요.

토마토는 채소입니다.
부가왈왈하지 마세요.

토마토가 채소라니,
얼당토토않다!

☐☐☐☐ 하다

☐☐☐☐ 않다

3장
일꾼과 주인

포도밭 관리인이 머리 아파하는 게 있대.
주인 할아버지와 일꾼들 사이에 무슨 일이 있었는지
살펴보고 관리인이 답답해하는 것을 풀어 봐.

아빠와 청소를

형제가 집을 청소해서 아빠가 상으로 용돈을 주었는데, 무슨 까닭인지
형이 삐쳤네. **세 사람의 이야기를 읽고 맞는 말에 동그라미 쳐 봐!**

청소를 도와주면
용돈 천 원을
주겠다고만 했잖아.
약속대로 한걸!

쳇, 동생은 나중에
와서 조금밖에 하지
않았잖아요. 나랑 똑같이
천 원을 주는 건
공평하지 않아요.

뭐가 공평하지 않아?
용돈을 주는 건
아빠 마음인데, 뭐!

아빠 말이 맞아요.

동생 말이 맞아요.

형 말이 맞아요.

왜냐하면…

세 번째 요지경

가라사대왕이 이야기나라의 보물, 요지경을 선물로 주었어.
요지경을 보면서 무슨 일이 벌어졌는지 짐작해 보자.

 먼저, 전개도를 이용해서 요지경을 직접 만들어 보자. 활동지 9~12쪽

 요지경에 있는 그림을 요리조리 살펴보자.

짐작되지 않거나
궁금한 그림에는 동그라미!

관리인 이야기

이야기를 읽으면서, 중요한 낱말은 요지카로 익혀 보자.

낱말에 요지카 번호를 써 봐. 활동지 21쪽

오늘도 주인 할아버지가 새벽부터 밖에 나가서 일꾼을 구해 보내더라고요. 우리 포도밭에서 일할 **날품팔이** 일꾼들이죠. 주인 할아버지는 포도밭 관리인인 제가 해도 될 일을 꼭 직접 하세요. 오늘은 새벽 여섯 시부터 정 씨가 일을 하러 왔어요. 아주 부지런한 사람이었죠.

그런데 말이죠. 오늘은 좀 별났어요. 아홉 시쯤 되었을까요. 주인 할아버지가 또 밖으로 나가더니 일꾼을 또 한 명 보내더라고요. 김 씨라는 일꾼이 왔는데 그다지 부지런해 보이지 않았어요. 그렇지 않겠어요? 부지런한 일꾼들은 일찍 일어나서 벌써 일자리를 찾아갔을 테니까요. 그런데 주인 할아버지는 김 씨에게 하루치 품삯 십만 원을 다 주겠다고 했대요.

'거참, 운 좋은 사람이네!'

저는 좀 이상했지만 주인 할아버지가 하는 일이니까 그러려니 했어요.

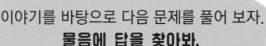
이야기를 바탕으로 다음 문제를 풀어 보자.
물음에 답을 찾아봐.

 사실 1 이야기를 들려주는 관리인이 자신을 소개하는 내용을 읽고, 빈칸에 들어갈 알맞은 낱말을 써 보세요.

안녕하세요? 저는 _____ 을(를) 관리하는 일을 해요. 주로 일꾼들에게 일을 시키고 잘하는지 감독해요.

 논리 2 관리인은 김 씨가 운 좋은 사람이라고 생각해요. 그렇게 생각하는 이유를 잘 설명한 문장을 모두 찾아 동그라미 쳐 보세요.

늦게라도 일자리를 찾았으니 운이 좋아요.

하루치 품삯 십만 원을 모두 받을 수 있으니 운이 좋아요.

정 씨보다 일을 덜할 수 있으니 운이 좋아요.

 창의 3 어떤 일을 운이 좋다고 말할 수 있을까요? 운이 좋았던 경험을 이야기해 보세요.

급식에서 운 좋게 치킨이 나왔어요.

김 씨는 새벽 여섯 시부터 포도밭에 온 정 씨와 함께 일했어요.

그런데요, 열두 시쯤 되었을까? 막 점심을 먹으려던 참에 일꾼이 또 찾아왔더라고요. 이번에도 역시 주인 할아버지가 보낸 사람이었죠. 이 씨라는 사람이었는데 척 봐도 힘이 약해 보이는 일꾼이었어요. 그래서 아침부터 일자리를 찾았지만 **여태** 일할 곳을 못 찾고 있었대요. 그런데 주인 할아버지가 보자마자 우리 포도밭으로 가라고 했다는 거예요. 게다가 벌써 **한나절**이 지났는데도 하루치 품삯을 다 준다고도 했대요.

'거참, 정말 운 좋은 사람이네!'

저는 많이 이상했지만 주인 할아버지가 보냈으니 하는 수 없었어요.

이야기를 바탕으로 다음 문제를 풀어 보자.
물음에 답을 찾아봐.

 1 농장에 일꾼으로 온 이 씨를 설명하는 내용 중에서 틀린 문장을 찾아 X표 하세요.

> 이 씨는 게을러서 점심때가 되어서야 일하러 왔어요.

> 이 씨는 힘이 약해 보여서 일꾼으로 쓰고 싶어 하는 사람이 없었어요.

> 이 씨는 일할 곳이 필요해서 아침부터 일자리를 찾았어요.

 2 주인 할아버지가 이 씨를 일꾼으로 보낸 이유를 설명하고 있어요. 내용에 맞게 순서대로 번호를 매기고 빈칸에 들어갈 내용을 써 보세요.

> ☐ 배도 고파 보이고 힘도 없어 보였어.
>
> ☐ 점심때쯤 이 씨를 보았어. 밥도 먹지 않고 일을 찾고 있더라고.
>
> ☐ 그래서 _____

 3 관리인처럼 이 씨를 일꾼으로 보낸 게 이상하다고 생각하나요? 자신의 의견에 동그라미 치고 이유를 말해 보세요.

주인 할아버지가 이 씨를 일꾼으로 보낸 건 많이 이상해요.

이 씨를 일꾼으로 보낸 건 (이상해요 , 이상하지 않아요).

왜냐하면…

이 씨도 김 씨와 정 씨가 일하는 데 끼워 주었지요. 다행히 다른 일꾼들도 이 씨를 신경 쓰지 않는 눈치였어요.

그런데 세 시 무렵에 또 일꾼 한 명이 찾아왔어요. 박 씨라는 일꾼이었는데 이 씨보다 더 약해 보였어요. 힘이 하나도 없어 보였죠. 일이나 제대로 할 수 있을까 싶었어요. 그런데요, 주인 할아버지가 박 씨에게도 하루치 품삯 십만 원을 다 줄 테니까 얼른 가서 일하라고 했다지 뭐예요.

'세상에, 정말 운 좋은 사람이군!'

저는 이해할 수 없었지만, 제가 뭘 어쩌겠어요? 주인 할아버지가 보냈으니 일을 시킬 수밖에요. 박 씨는 오늘도 **끼니**를 굶을 뻔했는데 참 다행이라며 좋아하더라고요.

이야기를 바탕으로 다음 문제를 풀어 보자.
물음에 답을 찾아봐.

1 박 씨가 일꾼으로 왔을 때 관리인의 마음은 어땠을까요? 관리인의 마음을 잘 표현한 낱말에 모두 색칠해 보세요

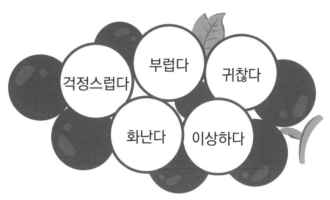

걱정스럽다 부럽다 귀찮다 화난다 이상하다

2 관리인처럼 박 씨가 운 좋은 사람이라고 생각하나요? 맞다고 생각하는 주장과 이유에 동그라미 쳐 보세요.

'세상에, 정말 운 좋은 사람이군!'

동의해요

늦게라도 밥을 먹게 되었으니 운이 좋아요.

일을 조금만 해도 되니 운이 좋아요.

동의하지 않아요

약해 보여서 일을 겨우 구했으니 운이 좋지 않아요.

늦게까지 밥을 못 먹었으니 운이 나빠요.

3 주인 할아버지가 박 씨를 일꾼으로 보내지 않았다면 박 씨는 어떻게 되었을까요? 생각해서 써 보세요.

박 씨는 아마도…

　그렇게 하루가 끝나나 싶었는데요. 아 글쎄, 오늘은 무슨 날인지 또 한 사람이 나타나더라고요. 다섯 시쯤이었어요. 한 시간 뒤면 하루 일을 끝낼 시간인데, 주인 할아버지가 최 씨를 데리고 왔어요.

　나 참, 최 씨는 정말 지금까지 본 일꾼 중에서 제일 **볼품없었어요**. 설마 우리 포도밭에 일을 시키려고 데려온 사람은 아닐 거라고 생각했다니까요. 더 기막힌 것은요. 주인 할아버지가 최 씨에게도 하루치 품삯을 다 주겠다고 약속했대요.

　'말도 안 돼, 정말 운 좋은 사람이잖아!'

　주인 할아버지는 여느 때와 같이 빙긋 웃으며 최 씨를 데려가서 일을 시키라고 했어요. 저는 이러다 올해 농사가 제대로 될까 싶기도 하고, 망하겠다 싶어서 좀 답답했지요.

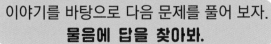

이야기를 바탕으로 다음 문제를 풀어 보자.
물음에 답을 찾아봐.

 1 다섯 명 중에서 일꾼으로 가장 알맞은 사람은 누구인 것 같나요? 알맞다고 생각하는 사람부터 순서대로 번호를 써 보세요.

정 씨   김 씨   이 씨   박 씨   최 씨

 2 다섯 명 중에서 주인 할아버지가 일꾼으로 가장 알맞다고 생각하는 사람은 누구일까요? 스티커를 붙이고 이유를 말해 보세요.

정 씨
김 씨   이 씨   박 씨   최 씨

스티커

 3 주인 할아버지가 다섯 일꾼에게 주기로 한 품삯은 얼마였는지 써 보세요.

우리 농장에 와서 일해 주세요. 그러면 하루치 품삯으로…

　하지만 그것보다 더 큰 걱정이 있었어요. 조금 있다가 여섯 시에 일이 끝나면 일꾼들에게 품삯을 나눠 줘야 하잖아요. 생각해 보세요. 새벽부터 와서 일한 일꾼에게도 하루치 품삯을 주고, 점심때 와서 반나절 일한 사람한테도 하루치 품삯을 줘 봐요. 어떻게 되겠어요? 게다가 고작 한 시간 일하고 하루치 품삯을 다 받는 최 씨를 보면 다른 일꾼들이 가만있겠어요?

　여섯 시에 일이 끝나자 주인 할아버지는 일꾼들을 모두 불러서 품삯을 나눠 주라고 했어요. 늦게 온 순서대로 품삯을 나눠 주라고 해서, 맨 나중에 와서 한 시간 일한 최 씨에게 먼저 하루치 품삯 십만 원을 주었어요. 그다음 박 씨에게도 하루치 품삯 십만 원을 주었죠. 이렇게 차례대로 모두에게 하루치 품삯 십만 원을 주었어요.

이야기를 바탕으로 다음 문제를 풀어 보자.
물음에 답을 찾아봐.

 1 관리인은 무엇을 가장 걱정하고 있나요? 빈칸에 알맞은 낱말을 써서 문장을 완성해 보세요.

일꾼들에게 ＿＿＿＿＿＿＿ 을(를) 나눠 줄 때 일꾼들이

불공평하다고 가만있지 않을까 봐 걱정이에요.

 2 여러분이 관리인이라면 주인 할아버지가 시키는 대로 품삯을 나눠 줄 건가요? 자신의 생각에 동그라미 치고 이유를 써 보세요.

내가 관리인이라면 주인 할아버지가 시키는 대로
··
(할 , 하지 않을) 거예요. 왜냐하면
··

··

 3 주인 할아버지가 모든 일꾼에게 하루치 품삯을 똑같이 나눠 준 이유는 무엇일까요? 이유를 생각해 보고 문장으로 써 보세요.

⇨ 품삯을 똑같이 나눠 준 이유는
··

··

그런데 아니나 다를까, 일이 터지고 말았어요. 제가 품삯을 다 나눠 주자 일꾼들이 거세게 **항의**했어요. 한 시간 일한 최 씨가 십만 원을 받는 것을 보고는 다른 일꾼들은 속으로 자신은 더 많이 받을 줄 알았던 거죠.

정 씨가 먼저 화를 내면서 말했어요.

"저들이 온종일 일한 나와 똑같은 품삯이라니요? 이게 말이 돼요? 제가 제일 많이 받아야 한다고요!"

김 씨도 소리쳤어요.

"저기 최 씨는 고작 한 시간 일했고, 박 씨는 겨우 세 시간 일했고, 이 씨는 겨우 여섯 시간 일했는데 나와 품삯이 같다고요? 이건 공평하지 않아요!"

이 씨와 박 씨도 최 씨보다는 자신들이 더 많이 받아야 한다고 투덜거렸어요. 제 생각에도 이번에는 주인 할아버지가 단단히 잘못한 것만 같았어요.

그러자 주인 할아버지가 말했어요.

"여보게, 난 자네들에게 잘못한 것이 없다네. 나와 하루치 품삯 십만 원을 받고 일하기로 약속하지 않았나. 약속대로 자네들 품삯이나 받아 가게. 공평하지 않다고? 나중에 온 이 **딱한** 사람들에게도 자네들과 똑같이 품삯을 주는 것이 내 뜻이라네. 내 것을 가지고 내 뜻대로 하는 것이 무슨 잘못인가. 불쌍한 이들에게 **자비**를 베푸는 것을 왜 나쁘다고 하는지 나는 모르겠네."

주인 할아버지 말을 듣고 보니… 음, 그 말도 맞는 것 같았어요. 주인 할아버지가 일꾼들에게 똑같은 품삯을 주든 말든 그건 주인 할아버지 마음이니까요.

하지만 일꾼들 말도 틀리지 않은 것 같고, 도대체 뭐가 뭔지 모르겠어요. 으… 머리 아파요. 저는 도저히 어느 쪽이 옳은 것인지 모르겠어요. 좀 생각해 봐 주세요.

포도밭 일꾼

새벽부터 일한 일꾼 정 씨가 포도밭에서 있었던 일을 들려주었대.
사건이 일어난 순서대로 번호를 써 봐.

다섯 시쯤 최 씨가 왔어요.

약속한 대로 품삯을 받았지만….

화가 나서 막 따졌어요.

아홉 시쯤 김 씨가 왔어요.

열두 시쯤 이 씨가 왔어요.

세 시쯤 박 씨가 왔어요.

해뜰 무렵부터
포도밭에서 일했어요.

품삯 장부

포도밭 관리인이 쓴 품삯 장부야.
군데군데 빈칸에 알맞은 내용을 써서 완성해 봐!

날짜 :　　　년　　　월　　　일

일꾼	일한 시간	품삯	데려온 사람	특이 사항
정 씨	새벽 여섯 시부터 오후 여섯 시까지	십만 원	주인 할아버지	부지런하다
김 씨	아침 아홉 시부터 　　　　까지	만 원		게으르다
이 씨	부터 오후 여섯 시까지	만 원	주인 할아버지	힘이 약해 보인다
박 씨	오후 세 시부터 　　　　까지	만 원		이 씨보다 더
최 씨	부터 　　　까지	만 원	주인 할아버지	

더 많은 품삯

최 씨가 십만 원을 받는 것을 본 다른 일꾼들은 모두 최 씨보다는 더 많이 받을 거라고 기대했대. **얼마를 받기를 기대했을지 써 봐.**

오늘 품삯 십만 원!

다섯 시에 와서 한 시간만 일했는데 대박!

나는 여섯 시에 왔으니까

　　　　만 원

나는 아홉 시에 왔으니까

　　　　만 원

맞는 말 같기도…

나는 열두 시에 왔으니까

　　　　만 원

나는 세 시에 왔으니까

　　　　만 원

88

공평한 품삯

품삯을 어떻게 나누어 주는 게 공평한 걸까?
네가 관리인이 되어서 어떻게 나누어 줄지 색칠해 봐.

나는 품삯을 공평하게
나누어 줄 거야.

누가 더

빵을 간식으로 주었는데, 누가 몇 개를 먹을지를 놓고 다투고 있어.
각각 몇 개를 먹으면 좋을지 개수를 써 봐.

내가 일을 가장 많이
했으니까 두 개를 먹을 거야.

정 씨

개

나랑 세 시간밖에 차이가
안 나는데, 나도 두 개를
먹을 권리가 있어.

김 씨

개

나는 아침부터 일자리를
찾느라 피곤해.
내가 두 개를 먹어야 해.

이 씨

개

나는 끼니도 제대로
못 먹었으니까,
내가 두 개를 먹어야지.

박 씨

개

나는 오랜만에 일을 해서
힘들어. 내가 두 개를
먹어야 해.

최 씨

개

뭐가 달라?

만약 주인 할아버지가 일을 시키지 않고 그냥 돈만 준다면 일꾼들은 좋아했을까? **일꾼들의 생각을 짐작해서 동그라미 쳐 봐.**

전 김 씨예요. 늦게 일어나서 일자리를

구할 수 없을 줄 알았는데 주인 할아버지

가 일을 주었어요.

만약 그냥 돈만 준다면

(좋아요 , 싫어요).

전 이 씨예요. 아무도 일을 시키지 않았

는데 주인 할아버지가 일을 주었어요.

만약 그냥 돈만 준다면

(좋아요 , 싫어요).

왜냐하면…

전 박 씨예요. 전 일이 없어서 밥도 못

먹을 뻔했는데 일을 할 수 있었어요.

만약 그냥 돈만 준다면

(좋아요 , 싫어요).

전 최 씨예요. 정말 오랜만에 일자리를

얻어서 일을 할 수 있었어요.

만약 그냥 돈만 준다면

(좋아요 , 싫어요).

포도밭 유튜브

인기 유튜버가 포도밭에서 있었던 신기한 품삯 사건을 방송에 내보냈
어. **유튜브에 어떤 댓글이 달릴지 생각해 보고 써 봐.**

화제의 포도 농장

#언제든지 품삯은 십만 원
#누구든지 오세요
#어머 여긴 꼭 가야 돼

12.35 / 35.00

최 씨 전 다섯 시에 일하러 갔던 사람인데요, 여기 정말 좋아요, 최고 최고!

 어머, 부러워요. 정말 좋은 일자리를 얻으셨네요.

흥, 전 새벽부터 일했던 사람인데요, 저에게는 별로였어요.

92

편지글

관리인은 주인 할아버지가 옳은지 그른지 모르겠다고 해.
너는 어떻게 생각하는지 관리인에게 편지글을 써 봐.

 편지글을 쓰는 방법을 알려 줄게.

받을 사람
편지 받을 사람을 써 봐.

첫인사
편지 받을 사람에게
인사하고 안부를 물어봐.

전하고 싶은 말
편지로 전하고 싶은
말을 알기 쉽게 써 봐.

편지 받을 사람이 잘
지내기를 바라는 마음
으로 인사해.

끝인사

편지 쓴 날짜를 써.

쓴 날짜

★ 이름 뒤에 윗사람에게는
올림 혹은 드림을 쓰면 돼.
아랫사람이나 같은 또래에게는
씀 혹은 보냄을 쓰면 돼.

편지를 보내는
사람의 이름을 써.

쓴 사람

올림

관리인 뒤풀이

관리인이 낱말 퀴즈 뒤풀이를 열었어. 낱말 퀴즈를 풀어서
가리사니 힘을 다져 보자고. **요지카를 보면서 문제를 풀어 봐.**

1 기자가 일꾼 박 씨를 인터뷰했어요. 박 씨가 질문에 뭐라고 답했을지 빈칸에 들
어갈 알맞은 낱말을 요지카에서 찾아 써 보세요.

안녕하세요? 오늘 무슨 일이 있었는지 말씀해 주시겠어요?

안녕하세요? 저는 ☐☐☐☐☐ (으)로 먹고사는 박 씨입니다.

오늘은 일자리를 구하기 힘들어서 ☐☐☐☐ 도

못 먹었어요.

저런, 아주 ☐☐☐☐ 사정이군요.

2 같은 뜻의 두 낱말을 뒤죽박죽 섞어 놓은 상태에서 두 낱말을 바르게 가려내어
써 보세요.

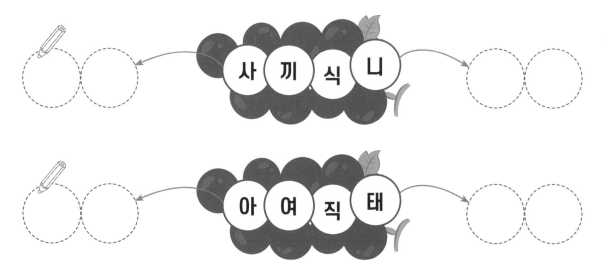

사 끼 식 니

아 여 직 태

3 포도를 먹으면서 이야기를 읽다가 그만 과즙이 떨어지고 말았어요. 얼룩 때문에 보이지 않는 글자를 요지카에서 찾아 써 보세요.

> 그런데 주인 할아버지가 보자마자 우리 포도밭으로 가라고 했다는 거예요. 게다가 벌써 ①●●●이 지났는데도 하루치 품삯을 다 준다고도 했대요. 나 참, 최 씨는 정말 지금까지 본 일꾼 중에서 제일 ②●●●●. 설마 우리 포도밭에 일을 시키려고 데려온 사람은 아닐 거라고 생각했다니까요.

① [   ]   ② [   ]

4 다음 문장에 공통으로 들어갈 낱말을 요지카에서 찾아 써 보세요.

❀ 감독이 심판에게 [   ][   ] 했어요.

❀ 인종 차별에 [   ][   ] 했어요.

❀ 층간 소음 때문에 [   ][   ] 했어요.

❀ 길고양이에게 먹이를 주는 [   ][   ]를 베풀어 주세요.

❀ 게임 시간을 늘리는 [   ][   ]를 베풀어 주세요.

❀ [   ][   ]를 베풀어 파자마 파티를 허락해 주세요.

4장
세상에서 가장 강한 것

마수리 도사님의 생쥐 딸이 결혼하게 되었나 봐. 신랑은 세상에서 가장 강한 이라는데 그게 생쥐라네? **어떻게 된 노릇인지 알아보고, 생쥐 딸이 궁금해하는 걸 풀어 줘.**

가위바위보

뿌토가 가위바위보에 대해서 궁금한 걸 질문했어.
답하고 싶은 것을 선택해서 선을 그어 봐.

나도 가위바위보 좀 하지!

제가 일부러 진 거라고요!

그런데 말이야

가위, 바위, 보 중에서 네가 가장 좋아하는 것은 무엇이지?

가위, 바위, 보 중에서 가장 강한 것은 무엇이라고 생각하니?

가위, 바위, 보 중에서 가장 약한 것은 무엇이라고 생각하니?

네 번째 요지경

가라사대왕이 이야기나라의 보물, 요지경을 선물로 주었어.
요지경을 보면서 무슨 일이 벌어졌는지 짐작해 보자.

먼저, 전개도를 이용해서 요지경을 직접 만들어 보자. 활동지 13~16쪽

요지경에 있는 그림을 요리조리 살펴보자.

짐작되지 않거나
궁금한 그림에는 동그라미!

새앙애기 이야기

이야기를 읽으면서, 중요한 낱말은 요지카로 익혀 보자.
낱말에 요지카 번호를 써 봐. 활동지 23쪽

저는요, 내일 생쥐와 결혼을 한답니다. 좀 이상하다고요? 뭐, 그렇게 이상할 건 없어요. 저도 원래 생쥐였고요, 곧 다시 생쥐로 변신할 테니까요. 하지만 생쥐가 정말 강한지 아직도 의심이 들어요. 저는 말이죠, 세상에서 가장 강한 이를 신랑으로 맞고 싶었거든요. 아버지도 그렇게 해 주시기로 약속하셨고요.

우리 아버지는요, 마수리 도사님이세요. 도를 닦아 놀라운 도술을 부리는 사람 말이에요. 어느 날인가 제가 그만 솔개에게 잡혀 먹이가 될 뻔했어요. 그런데 무슨 일인지 솔개는 아버지가 도를 닦고 있는 큰 바위 위를 지나다가 저를 떨어뜨리고 말았어요.

아버지는 상처를 입은 채 벌벌 떨고 있는 제가 가여워서 옷자락으로 **감싸** 주었어요. 집으로 데려가서 치료도 해 주고 곁에 두고 기르기로 하셨지요.

아버지는 솔개가 또 채어 갈까 봐 두려워서 저를 귀여운 여자아이로 변신시켜 주셨어요. 새앙애기라고 이름도 지어 주고 딸로 삼아 키웠답니다.

그렇게 세월이 흘러 제가 **어엿한** 어른이 되자 아버지가 물으시더라고요.

"너도 이젠 짝을 찾아 결혼할 때가 되었구나. 너는 어떤 신랑감을 원하니?"

그래서 제 속마음을 말씀드렸어요.

"제 신랑감은 세상에서 가장 강했으면 좋겠어요."

"세상에서 가장 강한 신랑감이라… 음, 내 생각에는 쨍쨍왕 해님이 세상에서 제일 강한 듯한데…. 세상의 모든 것을 자라게 하는 걸 보면 말이야. 함께 가서 **청혼**해 보자꾸나."

아버지는 저를 데리고 해님을 찾아가셨어요.

"쨍쨍왕 해님, 제 딸이 세상에서 가장 강한 이와 결혼하고 싶어 합니다. 제 생각에는 해님이 세상에서 제일 강한 이 같습니다. 제 딸의 짝이 되어 주실 수 있나요?"

아버지는 아침에 해님이 떠오르자마자 부탁하셨어요.

그런데 말이에요. 쨍쨍왕 해님이 머리를 긁적이며 말하는 거예요.

"이거 참, 도사님, 좀 창피하지만 나는 그렇게 강한 이가 아니랍니다. 나보다 강한 자가 있지요."

이야기를 바탕으로 다음 문제를 풀어 보자.
물음에 답을 찾아봐.

따져보기1

 추론 **1** 새앙애기가 세상에서 가장 강한 이를 신랑감으로 원하는 이유는 무엇일 까요? 새앙애기의 마음을 짐작해서 써 보세요.

 논리 **2** 쨍쨍왕 해님의 강한 점을 더 생각해서 써 보세요.

음, 해님은 뜨겁고 밝고 크구나!

 비판 **3** 쨍쨍왕 해님이 제일 강하다는 마수리 도사님 생각에 동의하는지 동그라 미 치고 이유를 말해 보세요.

마수리 도사님 생각에 동의해요.

마수리 도사님 생각에 동의하지 않아요.

왜냐하면…

아버지와 전 당황스러웠어요. 곧장 그가 누구냐고 물었지요.

"뭉게왕 구름이지요. 구름이 피어오르기 시작하면 나는 꼼짝도 못 하고 그 속에 갇히고 세상도 깜깜해져 버리지요."

쨍쨍왕 해님은 한숨을 휴 내쉬더라고요.

아버지와 저는 하는 수 없이 해님이 일러 준 대로 구름이 피어오르는 곳으로 가서 뭉게왕 구름을 만났어요.

아버지가 **이러저러해서** 왔다고 하니까 뭉게왕 구름이 말했어요.

"도사님, 도사님 말은 잘 알겠는데요… 물론 나도 강하기는 해요. 하지만 말입니다. 실은 나보다 강한 이가 있답니다. 나도 그에게는 꼼짝 못 해요."

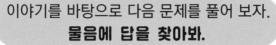

이야기를 바탕으로 다음 문제를 풀어 보자.
물음에 답을 찾아봐.

 1 해님보다 강한 이가 있다는 말을 들은 마수리 도사님과 새앙애기의 마음은 어땠을까요? 마음을 표현할 수 있는 낱말을 모두 찾아 색칠해 보세요.

놀랍다

지루하다

재미있다

다급하다

기쁘다

 2 뭉게왕 구름이 나타나면 쨍쨍왕 해님은 어떻게 될까요? 상상해 보고 말풍선에 들어갈 말을 써 보세요.

다 가려 버릴 거야!

 3 구름을 찾아간 마수리 도사는 '이러저러해서' 왔다고 말했어요. 뭐라고 말했을지 내용을 써 보세요.

🖉 뭉게왕 구름님,

　정말 뜻밖이어서 우리는 뭉게왕 구름에게 그가 누구냐고 물었지요. 그 랬더니 쌩쌩왕 바람이라고 말해 줬어요.

　"바람은 나를 여기저기로 날려 버린답니다. 그러기를 **식은 죽 먹듯** 하는데요. 제가 뭉게왕이지만 바람에게는 **맥**을 못 춰요."

　그래서 이번에는 쌩쌩왕 바람을 찾아갔지요.

　뭉게왕 구름에게 했던 것처럼 똑같은 말을 했답니다. 그랬더니 쌩쌩왕 바람도 자기보다 강한 이가 있다고 하는 것이었어요.

　"음, 뭉게왕 말이 맞기는 해요. 나는 강한 힘을 가졌지요. 하지만 나도 어쩔 수 없는 강한 상대가 있는데… 그자에게 가서 부탁하는 게 어떨까요?"

이야기를 바탕으로 다음 문제를 풀어 보자.
물음에 답을 찾아봐.

 1 뭉게왕 구름처럼 바람이 강하게 느껴졌던 경험을 이야기해 보세요.

⇨

 2 쌩쌩왕 바람이 뭉게왕 구름을 '식은 죽 먹듯' 날려 버린다는 의미는 무엇일까요? 잘 설명한 문장을 모두 찾아 동그라미 쳐 보세요.

🌀 뭉게왕 구름을 쉽게 날려 버려요. ☐

🌀 뭉게왕 구름을 거리낌 없이 날려 버려요. ☐

🌀 뭉게왕 구름은 식은 죽처럼 날아가요. ☐

🌀 뭉게왕 구름을 먹기 쉽게 날려 버려요. ☐

 3 여러분이 '식은 죽 먹듯' 할 수 있는 일과 앞으로 '식은 죽 먹듯' 하고 싶은 일은 무엇인지 써 보세요.

내가 식은 죽 먹듯 할 수 있는 일은요…

내가 식은 죽 먹듯 하고 싶은 일은요…

그가 누구냐고 물었지요. 그랬더니 우뚝왕 산이라고 하더라고요.

"내가 아무리 강하게 불어 대도 우뚝 선 산이 가로막으면 나는 금방 지쳐 버리거든요."

이렇게 말하면서 산에게 가서 청혼해 보라고 하지 뭐예요. 참 나, 우뚝왕 산에게 가서 또 같은 이야기를 했지요.

"바람이 나를 어쩌지 못하는 것은 맞아요. 하지만 나도 **두 손 드는** 상대가 있답니다. 바로 서생원 생쥐랍니다. 생쥐는 내 배 가운데에 구멍을 뚫는 놈이라고요."

우뚝왕 산이 이렇게 말하지 뭐예요. 뭐, 별수 있나요? 서생원 생쥐를 찾아갔지요.

"이보시오 서생원, 자네가 가장 강하다고 해서 내 딸을 자네와 결혼시키고 싶은데 어떻게 생각하나?"

이야기를 바탕으로 다음 문제를 풀어 보자.
물음에 답을 찾아봐.

 1 결혼할 상대를 찾는다면, 어떤 조건을 따져야 할까요? 다음에서 따져야 할 조건에 동그라미 치고, 빈칸에 조건을 더 써 보세요.

결혼 상대를 찾는다면

생김새 어떻게 생겼는지 꼭 따져봐야 해요. 누구나 이상형이 있으니까요.

성격 어떤 성격인지도 중요해요. 친구끼리도 성격이 안 맞으면 친하게 지내기 어렵잖아요.

돈 돈이 많으면 맛있는 것도 많이 먹고 사고 싶은 것도 마음껏 살 수 있어요.

똑똑함 똑똑한 사람이랑 있으면 아는 게 많아서 배울 것도 많을 것 같아요.

 2 신랑감으로 세상에서 가장 강한 이를 원한 새앙애기의 생각은 좋은 걸까요? 자신의 평가에 동그라미 치고 이유를 말해 보세요.

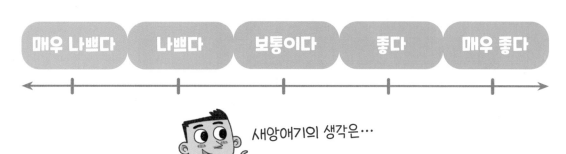

| 매우 나쁘다 | 나쁘다 | 보통이다 | 좋다 | 매우 좋다 |

새앙애기의 생각은…

"산의 배에 구멍을 낼 수 있는 이는 나밖에 없을 거예요. 하지만 저는 생쥐라서 땅속에서 살아야 하는데 어떻게 사람과 결혼할 수 있겠어요?"

서생원 생쥐의 대답에 아버지가 이렇게 말하는 거예요.

"세상에서 제일 강한 이는 결국 생쥐구나. 네 짝은 생쥐가 되어야겠다. 얘야, 원래 네 모습인 생쥐로 바꿔 줄 테니 서생원 생쥐와 결혼하거라."

뭐, 이렇게 해서 내일 결혼식을 치르게 된 것이랍니다. 하긴 저도 원래 생쥐였으니까 나쁘지는 않은데요. 다만 세상에서 가장 강한 이와 결혼한다고 **기대하고** 있었는데…. 글쎄요, 이거 참, 세상에서 가장 강한 이가 생쥐라니, 어떻게 된 일인지 모르겠어요.

이야기를 바탕으로 다음 문제를 풀어 보자.
물음에 답을 찾아봐.

 1 이야기에 나온 이들을 강한 순서대로 번호를 써 보세요.

 2 새앙애기와 서생원 생쥐가 어울리는 이유를 생각해 봤어요. 어울리는 이유가 맞으면 ○표, 틀리면 X표 하세요.

🐭 새앙애기가 가장 강한 신랑감을 원했으니까 둘은 잘 어울려요. ☐

🐭 새앙애기도 원래 생쥐였으니까 둘은 잘 어울려요. ☐

🐭 아버지가 결혼하라고 했으니까 둘은 잘 어울려요. ☐

 3 서생원 생쥐가 세상에서 가장 강한 이라는 생각에 찬성하나요? 자신의 생각에 동그라미 치고 이유를 말해 보세요.

💬 생쥐가 가장 강하다는 생각에   💬 생쥐가 가장 강하다는 생각에

찬성한다. ☐   반대한다. ☐

왜냐하면 생쥐는 산도 구멍을 낼 수 있기 때문이야.

왜냐하면 생쥐는 강하다고 하기에는 너무 작기 때문이야.

초대장

새앙애기 결혼식에 초대하기 위해 도사님이 보내는 초대장이야.
빈 곳을 채우고 색칠해서 초대장을 완성해 봐.

초대합니다

우리 딸이 마침내 _____ 을 찾아 _____ 하게 되었습니다.

오셔서 축복해 주세요.

세상에서 가장 _____ 이 신랑   신부 도사님네 생쥐 딸

_____ 생쥐   _____

시간: _____ 년 _____ 월 _____ 일 _____ 시

장소: _____ 가 새앙애기를 떨어뜨렸던 도사님네 앞 큰 _____

신랑감들

마수리 도사가 만났던 이들에게 초대장을 보내려고 해. **봉투에 받는 이의 별명을 쓰고 우표 스티커를 붙인 후 그리거나 색칠해서 꾸며 봐.**

받는 이 별명을 써넣으면 전달되는 마법편지로 보내야겠다.

보내는 이: 마수리 도사

스티커

받는 이: ⬭ 해님

보내는 이: 마수리 도사

스티커

받는 이: ⬭ 구름

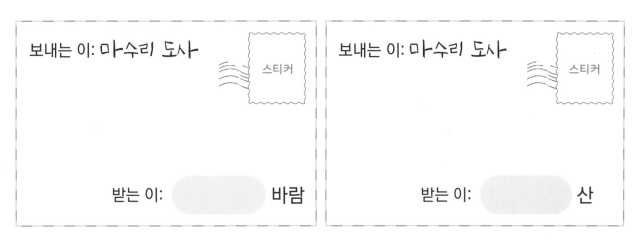

보내는 이: 마수리 도사

스티커

받는 이: ⬭ 바람

보내는 이: 마수리 도사

스티커

받는 이: ⬭ 산

신랑감을 대체 몇이나 만나 본 거야!

아차차!

마수리 도사가 신랑감들의 강한 점과 약한 점을 잘 따져 보지 않은 걸 후회했대. **신랑감들의 강한 점과 약한 점은 무엇일지 써 봐.**

"아차차, 강한 점과 약한 점을

꼼꼼히 따져 보지 않았네….

강한 점		약한 점

세상의 모든 것을 자라게 한다.

구름에게 갇혀 버린다.

바람에게 여기저기 날린다.

산에게 가로막혀 지친다.

누가 강할까

결혼식에 초대받은 이들이 누가 더 강한지 따져 보기로 했대.
네가 생각하는 가장 강한 이는 누구인지 스티커를 붙여 봐.

<바람과 해님> 이야기 알지? 바람과 대결에서 이긴 건 나라고!

우르릉 쾅쾅! 천둥번개를 치는 게 누구게? 바로 나야 나!

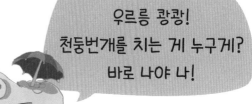

<오즈의 마법사>에서 도로시를 오즈로 보낸 게 누군지 알아? 바로 나야 나!

크고 많은 걸 빗대어 설명할 때 '태산 같다'고 해. 내가 강한 걸 모두 알고 있지!

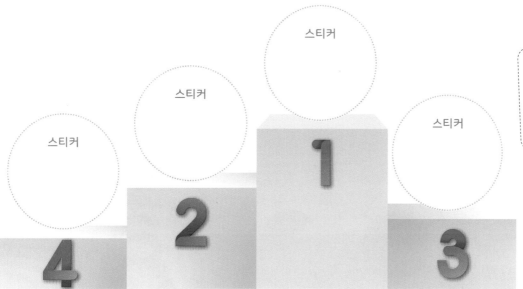

잘 만났네, 이번에 누가 더 강한지 가려내 봐.

더 강한!

이야기에 나온 이들보다 더 강한 이가 있을까?
더 강한 이를 생각해서 글과 그림으로 소개해 봐.

🖊 강한 점은

🎨

좋은 점은

세상에서 제일 강한 이는
(   ) (이)야.

더 소개하고 싶은 점은

나쁜 점은

어쭈!
흥! 칫! 뿡!

앗 이런 일이

만약 새앙애기가 다른 이의 신부가 된다면 세상은 어떻게 바뀔까?
**네 신랑감 중 하나를 선택해서 동그라미 치고 어떤 일이 일어날지
상상해서 쓰거나 그려 봐.**

새앙애기가
내 신부가 된다면,
세상에 해가
둘이 될 텐데…!

바람 신부가 된다면,
세상에 큰 바람이
불어닥칠 텐데…!

구름 신부가 된다면,
세상에 구름이 두 배나
많아질 텐데…!

산 신부가 된다면,
세상이 온통
산이 될 텐데…!

신랑감의 조건

새앙애기는 신랑감이 '가장 강해야' 한다는 조건을 내세웠어. **그 밖에 어떤 조건을 따져야 할지 보기를 참고해서 생각그물을 채워 봐.**

보기   취미   성격   생김새   키   나이   목소리   재능

새앙애기의
신랑감

성격

재미있다

흉내를 잘 낸다

시 쓰기

새앙애기는 세상에서 가장 강한 이가 서생원 생쥐가 맞는지 알쏭달쏭하다고 해. **알쏭달쏭한 새앙애기의 마음이 잘 드러나도록 새앙애기가 되어서 겪은 일을 시로 써 봐.**

겪은 일을 시로 표현하려면

1 기억에 남는 일을 떠올려요.
2 떠올린 기억을 정리해요.
3 정리한 내용을 시로 표현해요.

누구를 만났지?

누구와

어떤 일이 있었지?

어떤 일

무슨 생각(느낌)이 들었을까?

생각이나 느낌

 예시

쨍쨍왕 해님을 만났어.

쨍쨍 눈이 부셔서

내 마음도 쨍쨍 울렸지.

해님보다 강한 이가 있다니?

아이고, 머리도 쨍 울리네.

새앙애기 뒤풀이

새앙애기가 낱말 퀴즈 뒤풀이를 열었어. 낱말 퀴즈를 풀어서
가리사니 힘을 다져 보자고. **요지카를 보면서 문제를 풀어 봐.**

1 다음은 말버릇처럼 오래 써서 특별한 뜻을 가지게 된 말이에요. 그런데 틀린 부분이 있어요. 바르게 고쳐 써 보세요.

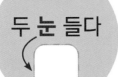 두 눈 들다

이 말은 말이쥐
자기의 능력에서 벗어나는 것이라서
그만둔다는 뜻이쥐~

 춤을 못 추다

이 말은 말이쥐
무엇에 기운이나 힘을 못 쓰거나
정신을 차리지 못한다는 뜻이쥐~

 식은 떡 먹기

이 말은 말이쥐
거리낌 없이 아주 쉽게 보통으로 하는
모양을 가리키는 것이쥐~

2 마수리 도사님이 새앙쥐 부부를 축복하는 행복 주문을 외우고 있어요. 빈칸에 알맞은 글자를 써서 주문을 완성해 보세요.

수리수리마수리

첫눈에 반해 ▢혼!
홀딱 빼앗긴 내 **영혼**!
언제 할 거야 **결혼**!

3 다음은 새앙쥐 부부처럼 두 낱말이 어울려 하나가 된 낱말들이에요. 낱말 덧셈을 잘 살펴보고, 빈칸에 알맞은 낱말을 써 보세요.

이러하다
+ 저러하다
___

			하	다

우리처럼 두 낱말이
붙어서 하나가 된
낱말들이야.

감다
+ 싸다
___

	다

4 새앙애기를 물어 갔던 솔개가 마수리 도사가 보낸 편지에 쓰인 글자의 순서를 바꾸어 놓았대요. 바른 말이 되도록 고쳐 써 보세요.

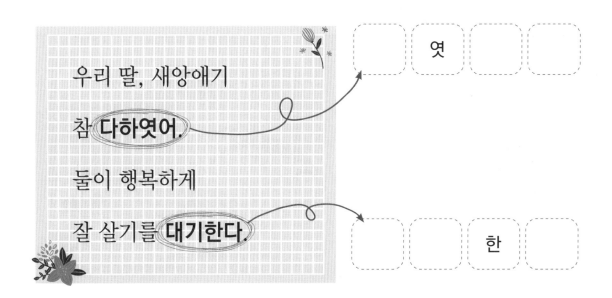

우리 딸, 새앙애기
참 **다하엿어.**
둘이 행복하게
잘 살기를 **대기한다.**

엿	

한	

안 알려 주지롱~ 네 스스로 생각해 보는 게 더 좋을 거당~

크크크

에이, 궁금한데….

아…

그런데요, 친구들이 자꾸 '가리사니'가 어느 나라 말이냐고 물어봐요.

꼭 아라비아어 같기도 하고, 인도어 같기도 하대요.

음…

허허허허, 가라사니는 순우리말이야. 바람직한 것을 구분하여 골라낸다는 뜻의 '가리다'에서 나온 말이지.

아하, 가리다, 가리사니, 가리다, 가리사니. 그렇군요!

그래서 가리사니가 '사물을 판단하는 힘이나 능력'을 뜻하는군요!

아하~

잘 이해하는 걸 보니, 뿌토 넌 가리사니가 있구나.

끄덕 끄덕

123

MEMO

진짜진짜

독서논술

3권

가이드북

가이드북 활용법

　'진짜진짜 독서논술'의 모든 활동은 논리적인 사고력을 바탕으로 창의적 문제해결력을 기르는 데 목적이 있습니다. 그렇기에 답이 하나로 정해진 경우보다 다양하게 해석 가능한 경우가 많습니다. 중요한 것은 자신의 생각에 논리적 설득력을 갖추는 것입니다. 모두 답이 될 수 있다는 열린 마음으로 활동을 바라봐 주시고, 아이들의 생각을 들어주세요.

　정확하게 답으로 나와야 하는 질문에는 답으로 표시했고, 다양한 반응이 나올 수 있는 질문에는 예로 표시했습니다. 답이 다양하게 나올 수 있는 질문들은 예로 제시한 내용을 바탕으로 아이들의 생각이 체계적으로 흘러가는지 주의 깊게 바라봐 주시면 됩니다.

　답이나 예외에 ✚ 표시로 들어간 내용들은 더 생각해 봐야 할 이유나 근거를 아이들이 어떻게 제시할 수 있는지 예상한 것입니다. 이 내용을 바탕으로 더 깊이 있는 생각을 이끌어 낼 수 있도록 지도해 보세요.

　문제와 활동 옆에는 　해설　을 달아서 출제 의도와 문제 유형을 해석해 놓았고, 더불어 지도 방법을 적어 놓았습니다. 가정에서 아이들을 지도하는 데 참고해 주세요.

　'진짜진짜 독서논술'로 '토닥토닥 마음껏 토론'하며 성장해 나갈 아이들의 모습을 기대해 봅니다.

준비하기   20p

해설 20p

자주 사용하는 그림 도구의 중요도를 별표에 색칠하면서 역할의 상호작용과 책임의 중요성을 알아보는 활동입니다. 정해진 답이 없으니 마음껏 활동해 보고, 이유도 말로 표현해 보면 좋습니다.

들어보기 1~6   22~33p

수선 - 7	너비 - 4
말 - 6	땀 - 3
어지간히 - 8	넙데데하다 - 5
툭하면 - 2	맞장구 - 1

해설 22~33p

소리 내어 정독할 수 있도록 지도해 주시고, 부모님이 함께 읽어 주셔도 좋습니다. 활동지에 있는 요지카를 미리 잘라서 준비해 놓고, 이야기를 읽으면서 요지카로 어려운 낱말을 함께 익힐 수 있도록 지도해 주세요.

따져보기1   23p

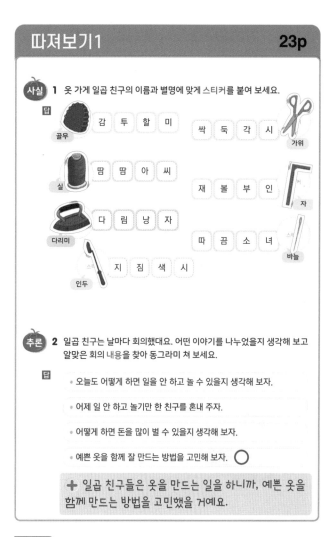

사실 1 옷 가게 일곱 친구의 이름과 별명에 맞게 스티커를 붙여 보세요.

추론 2 일곱 친구는 날마다 회의했대요. 어떤 이야기를 나누었을지 생각해 보고 알맞은 회의 내용을 찾아 동그라미 쳐 보세요.

답
- 오늘도 어떻게 하면 일을 안 하고 놀 수 있을지 생각해 보자.
- 어제 일 안 하고 놀기만 한 친구를 혼내 주자.
- 어떻게 하면 돈을 많이 벌 수 있을지 생각해 보자.
- 예쁜 옷을 함께 잘 만드는 방법을 고민해 보자. ○

➕ 일곱 친구들은 옷을 만드는 일을 하니까, 예쁜 옷을 함께 만드는 방법을 고민했을 거예요.

해설

23p

1. 바느질에 쓰이는 도구를 이름과 연결지어 보는 사실적 질문입니다. 바느질을 해본 적이 없는 아이들이 스티커를 붙이면서 도구와 익숙해질 수 있는 활동입니다. 별명의 뜻도 함께 살펴보면서 나이와 잘 어울리는지 그림을 보면서 비교해 보면 좋습니다.
   할미: 늙은 여자를 이르는 말/ 각시: 갓 결혼한 여자를 이르는 말/ 아씨: 주로 결혼한 젊은 여자를 이르는 말/ 부인: 결혼한 여자를 이르는 말/ 낭자: 결혼하지 않은 젊은 여자를 이르는 말/ 소녀: 어린 여자아이를 이르는 말/ 색시: 갓 결혼한 여자를 이르는 말
2. '함께 일을 잘하기 위해서' 회의했다는 문장을 통해서 일곱 친구가 어떤 이야기를 나누었을지 추론해 보는 활동입니다. 일곱 친구가 하는 일이 옷을 만들거나 수선하는 일이니 이와 어울리는 내용이 답이 될 수 있습니다.

해설

25p

1. 낱말을 정확하게 넣어서 도구의 쓰임새를 설명하는 사실적 질문입니다. 핵심 낱말을 이야기에서 직접 찾으면서 다시 한번 내용을 훑어볼 수도 있고, 직접 써 보면서 낱말을 익힐 수도 있습니다.

2. 옷을 만드는 데 자와 가위가 없다면 어떻게 될지 상상해 보고, 그림으로 표현해 보는 창의적 활동입니다. 주문에 나온 내용을 참고해서 반바지 길이와 모양이 어떻게 될지 구체적으로 표현할 수 있으면 좋습니다.

27p

1. 문맥적 의미를 통해 속담의 뜻을 추론해 보는 활동입니다. '서 말'의 뜻을 모를 수 있으므로, 요지카에서 먼저 낱말을 익힌 다음 문제를 풀면 좋습니다. 더불어 다른 문장에 들어갈 수 있는 속담은 무엇이 있는지 더 살펴보아도 좋습니다.

2. 속담을 통해서 바늘과 실의 관계를 적절하게 설명한 문장을 찾는 논리적 활동입니다. 속담과 함께 제시된 그림을 보면서, 속담의 뜻을 먼저 추론해 볼 수 있습니다. 그런 다음 속담의 뜻과 관련 있는 내용을 찾을 수 있도록 지도해 주세요.

3. 실과 바늘처럼 가까운 관계를 주변에서 찾아보는 창의적 활동입니다. 지우개와 연필처럼 쉽게 추론해 볼 수 있는 관계를 답으로 쓸 수도 있지만, 좀 더 다양한 내용이 답으로 나올 수 있습니다. 이유를 설득력 있게 제시하면 답으로 인정해 주세요.

따져보기4　　29p

추론 1 감투할미는 자신의 어떤 점을 자랑스러워하는 걸까요? 잘 설명한 문장에 골무 스티커를 붙여 보세요.

예

나는 손가락을 다치지 않게 보호해 줘.

나는 얼굴 가죽이 두꺼워서 찔려도 아프지 않아.

나는 따끔소녀 뒤만 졸졸 따라다니지 않아.

＋ 주인아주머니 손가락을 아프지 않게 하는 걸 자랑스러워해요.

＋ 따끔소녀 뒤만 따라다니는 땀땀아씨가 부끄럽다고 했어요.

비판 2 지짐색시는 자신이 따끔소녀 솜씨를 빛냈다고 생각해요. 여러분은 이 의견에 동의하는지 동그라미 치고 이유를 말해 보세요.

예

왜냐하면…

나는 지짐색시 의견이 (**맞다고** , 틀리다고) 생각해.

＋ 바느질한 곳이 울룩불룩하면 안 예쁠 텐데, 지짐색시가 예쁘게 만들어 주니까요.

창의 3 다른 사람 덕분에 일이 잘된 경험을 이야기해 보세요.

예

엄마 덕분에 우산을 챙겨 가서 비를 맞지 않았어요.

짝꿍 덕분에 게임 레벨을 올릴 수 있었어요.

동생이 피자를 사 달라고 엄마한테 계속 졸라서 피자를 먹을 수 있었어요.

따져보기5　　31p

논리 1 다림낭자는 지짐색시가 자신만 못하다고 생각해요. 그 이유가 무엇인지 이야기에서 찾아 문장으로 써 보세요.

답

지짐색시는 나만 못해. 나는… ✏ 구겨진 곳이면 다 다리고, 옷이란 옷은 가리지 않고 다 다릴 수 있어.

비판 2 지짐색시가 다림낭자의 말을 듣고 뭐라고 했을까요? 생각해 보고 써 보세요.

예

✏ 흥, 너처럼 아무 데나 다리다가 결국 옷에 구멍이 나고 말걸.

＋ 지짐색시는 다림낭자가 잘난 척한다고 생각해서 비꼬았을 거 같아요.

추론 3 주인아주머니가 다음 말을 이어서 한다면 뭐라고 할까요? 생각해 보고 써 보세요.

예

너희 재주도 내가 너희를 잘 쓰니까 빛나는 거 아니겠니? 그런데 왜 너희 덕분이라고 하는 거야? ✏ 다 내 덕분이야. 내가 없으면 너희들은 아무것도 못할걸.

＋ 주인아주머니는 일곱 친구의 재주를 자신이 잘 써서 빛난다고 생각했어요.

해설

29p

1. 문맥적 내용을 통해 등장인물의 생각을 추론해 보는 문제입니다. 제시된 세 가지 설명은 모두 답이 될 수 있으므로, 왜 그렇게 생각하는지 이유를 물어봐 주세요.

2. 등장인물의 생각을 비판적으로 따져보고, 이유를 제시하는 질문입니다. 정해진 답이 없고, 자신의 생각에 설득력 있는 이유를 제시할 수 있으면 좋습니다. 더 생각해 볼 수 있도록 후속 질문을 해 주세요.
후속 질문: 따끔소녀도 지짐색시의 말이 맞다고 생각할까요?/ 바느질이 울룩불룩하게 됐는데, 지짐색시가 없다면 어떻게 될까요?

3. 앞 문제와 연결지어서 다른 사람의 도움 덕분에 일이 잘된 경험을 나누는 창의적 활동입니다. 예시에 나온 것처럼 다양한 경험을 솔직하게 나눌 수 있도록 지도해 주시고, 그 경험이 왜 다른 사람 덕분이라고 생각하는지도 물어봐 주세요.

31p

1. 다림낭자의 말을 통해서 다림낭자가 잘났다고 생각하는 이유를 찾는 논리적 질문입니다. 더불어 이야기에 나온 내용을 문장으로 정리해 볼 수 있습니다. 제시된 답과 비슷한 내용으로 썼는지 확인해 주세요.

2. 이야기에는 안 나오지만 주어진 상황에서 지짐색시가 다림낭자의 말에 동의했을지 따져보는 비판 활동입니다. 서로 잘났다고 자랑하는 인물들의 특징을 파악해서 말을 지어낼 수 있으면 좋습니다.

3. 문맥적 흐름을 파악해서 뒤에 이어질 말을 써보는 추론 활동입니다. 인물의 특성과 상황에 맞는 내용을 지어서 문장으로 썼는지 확인해 주세요.

간추리기1

별명 본명

일곱 친구는 본래 이름이 아닌 별명!
별명과 본명을 쓰고, 다른 별명!

＋ 자는 모양이 길쭉
해서 길쭉이라는 별명
이 어울려요.

답

별명	본명	또 다른 별명
재 볼 부 인	자	**예** 길쭉이
싹 둑 각 시	가 위	
따 끔 소 녀	바 늘	
땀 땀 아 씨	실	
감 투 할 미	골 무	
지 짐 색 시	인 두	
다 림 낭 자	다 리 미	

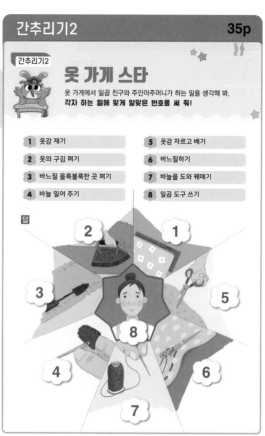

간추리기2

옷 가게 스타

옷 가게에서 일곱 친구와 주인아주머니가 하는 일을 생각해 봐.
각자 하는 일에 맞게 알맞은 번호를 써 줘!

1. 옷감 재기
2. 옷의 구김 펴기
3. 바느질 울룩불룩한 곳 펴기
4. 바늘 밀어 주기

5. 옷감 자르고 베기
6. 바느질하기
7. 바늘을 도와 꿰매기
8. 일곱 도구 쓰기

답

34p

물건의 특징을 살려서
재치 있게 별명을 지어
보는 활동입니다. 더불
어 자신에게도 별명이
있는지 물어봐 주시고,
별명으로 불리면 좋은
점과 나쁜 점은 무엇인
지 생각해 볼 수 있도
록 질문해 주세요.

35p

바느질 도구가 어떻게
쓰이는지 그림을 보면
서 살펴보는 활동입니
다. 직접 바느질을 해
본 경험이 없는 아이들
이 그림과 문장을 보면
서 쓰임새를 추론해 볼
수 있습니다.

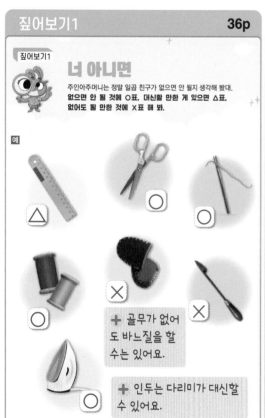

짚어보기1

너 아니면

주인아주머니는 정말 일곱 친구가 없으면 안 될지 생각해 봤대.
없으면 안 될 것에 ○표, 대신할 만한 게 있으면 △표,
없어도 될 만한 것에 X표 해 봐.

예

＋ 골무가 없어
도 바느질을 할
수는 있어요.

＋ 인두는 다리미가 대신할
수 있어요.

짚어보기2

볼멘소리

일곱 친구는 다 한 군데씩 아픈 데가 있어서 볼멘소리를 했어.
친구들이 낫도록 상처 밴드에 알맞은 치료 방법을 써 봐.

예

상처는 호~
호시탄을 발라요.

매일 바늘에 찔려서 아파요.

허리가 부러질 것 같아요!

날카롭게 낮이 서 있어서 피곤해요!

토닥토닥 처방법

＋ 엄마 허리도 내
가 토닥토닥 두드려
주면 시원하다고 했
어요.

박커스 드세요.

＋ 우리 할머니는 피곤
하면 박커스를 드세요.

마구 뒤엉켜서 어지러워요!

쓰담쓰담 빗질

멀미약

＋ 어지러우면 멀미약을
먹어야 해요.

얼굴이 화끈거려 미치겠어요!

손바닥을 훌랑 네었어요!

선풍기 바람

**살살
마더카솔**

36p

바느질 도구의 쓰임새
를 알아보았다면, 이번
문제는 도구의 중요도
를 생각해 보는 문제입
니다. 대신할 만하거나
없어도 될 만하다고 생
각하는 도구가 있다면
왜 그런지 이유를 꼭
물어봐 주세요.

37p

바느질 도구의 소중함
을 느껴 보는 활동입니
다. 수고로움을 공감해
보고, 창의적이고 재치
있는 처방법까지 제시
해 보도록 지도해 주세
요. 왜 그 처방법을 제
시했는지 이유도 물어
봐 주세요.

짚어보기3   38p

친구들 토론

일곱 친구가 주인아주머니와 계속 일을 할까 말까 토론하고 있어.
네 생각에 동그라미 치고 왜 그렇게 생각하는지 이유도 써 봐.

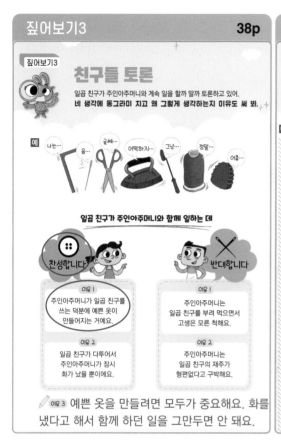

일곱 친구가 주인아주머니와 함께 일하는 데

찬성합니다

이유 I
주인아주머니가 일곱 친구를 쓰는 덕분에 예쁜 옷이 만들어지는 거예요.

이유 2
일곱 친구가 다투어서 주인아주머니가 잠시 화가 났을 뿐이에요.

반대합니다

이유 I
주인아주머니는 일곱 친구를 부려 먹으면서 고생은 모른 척해요.

이유 2
주인아주머니는 일곱 친구의 재주가 형편없다고 구박해요.

✏ 이유 3 예쁜 옷을 만들려면 모두가 중요해요. 화를 냈다고 해서 함께 하던 일을 그만두면 안 돼요.

짚어보기4   39p

삐친 친구들

친구들이 주인아주머니에게 삐쳐서 함께 일하지 않기로 했어.
어떤 일이 벌어질지 상상해서 그림으로 그리고, 글로 써 봐.

🎨
글과 그림으로 마음껏
표현해 보세요.

✏ 옷이 구멍 나서 꿰매려고 바늘을 찾았는데 없었어요. 그래서 주인아주머니는 테이프로 옷을 붙였어요. 그랬더니 조금 있다가 테이프가 떨어져서 구멍이 더 벌어졌어요.

바느질을 해야겠네….
어? 바늘이 어디로 갔지?

짚어보기5   40p

마네킹에게

마네킹이 중요한 일을 한 친구에게 훈장을 주려고 해. 마네킹 입장이
되어서 중요하다고 생각하는 만큼 훈장에 색칠해 봐.

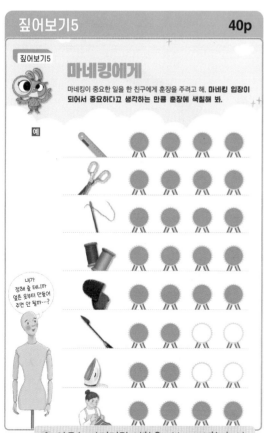

내가 정해 줄 테니까 얼른 옷부터 만들어 주면 안 될까…?

➕ 인두는 다리미랑 역할을 나누어서 할 수 있으니까, 인두랑 다리미는 두 개만 색칠했어요.

보고하기   41p

의견을 제시하는 글

감투할미는 누구의 노력이 가장 큰지 잘 모르겠다고 해. **누구의
노력이 가장 크다고 생각하는지 의견을 제시하는 글을 써 봐.**

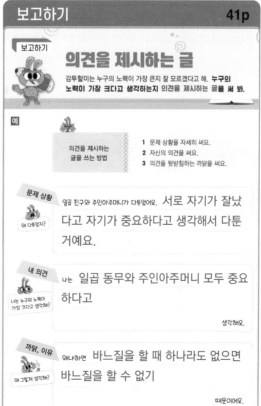

의견을 제시하는 글을 쓰는 방법
1 문제 상황을 자세히 써요.
2 자신의 의견을 써요.
3 의견을 뒷받침하는 까닭을 써요.

문제 상황
왜 다퉜지?
일곱 친구와 주인아주머니가 다퉜어요. 서로 자기가 잘났다고 자기가 중요하다고 생각해서 다툰 거예요.

내 의견
너는 누구의 노력이 가장 크다고 생각해?
나는 일곱 동무와 주인아주머니 모두 중요하다고
생각해요.

까닭, 이유
왜 그렇게 생각해?
왜냐하면 바느질을 할 때 하나라도 없으면 바느질을 할 수 없기
때문이에요.

해설

38p

바느질 도구의 중요성을 간과한 주인아주머니에 대해 일곱 친구가 어떻게 생각하는지 공감해 보고, 함께 일을 할 때 중요한 게 무엇인지 더 깊이 있게 생각해 보는 토론 활동입니다.

39p

서로의 입장을 헤아려 보기 위해서 이번에는 주인아주머니에게 일곱 친구가 왜 중요한지 생각해 보는 활동입니다.

40p

객관적 입장이 되어서 바느질 도구의 중요성을 따져 보는 활동입니다. 자신이 중요하다고 생각하는 만큼 색칠해 볼 수 있도록 지도해 주세요.

41p

문제를 해결하기 위해 자신의 의견을 제시하는 글을 써 봅니다. 주어진 설명에 따라 문장으로 표현할 수 있도록 지도해 주세요.

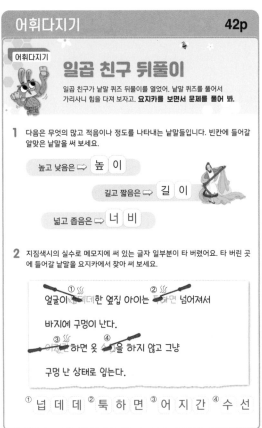

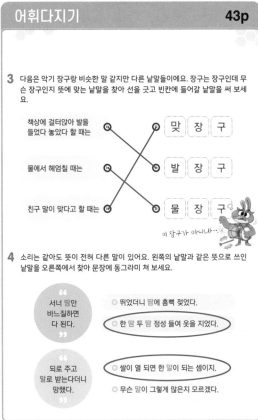

어휘다지기   42p

🐰 **어휘다지기**

일곱 친구 뒤풀이

일곱 친구가 낱말 퀴즈 뒤풀이를 열었어. 낱말 퀴즈를 풀어서
가리사니 힘을 다져 보자고. **요지카를 보면서 문제를 풀어 봐.**

1 다음은 무엇의 많고 적음이나 정도를 나타내는 낱말들입니다. 빈칸에 들어갈
알맞은 낱말을 써 보세요.

높고 낮음은 ⇨ **높** 이

길고 짧음은 ⇨ **길** 이

넓고 좁음은 ⇨ **너 비**

2 지짐색시의 실수로 메모지에 써 있는 글자 일부분이 타 버렸어요. 타 버린 곳
에 들어갈 낱말을 요지카에서 찾아 써 보세요.

> 얼굴이 ╌╌①╌╌데한 옆집 아이는 ╌╌②╌╌하면 넘어져서
>
> 바지에 구멍이 난다.
>
> ╌╌③╌╌하면 옷 ╌╌④╌╌을 하지 않고 그냥
>
> 구멍 난 상태로 입는다.

① 넙 데 데 ② 툭 하 면 ③ 어 지 간 ④ 수 선

어휘다지기   43p

3 다음은 악기 장구랑 비슷한 말 같지만 다른 낱말들이에요. 장구는 장구인데 무
슨 장구인지 뜻에 맞는 낱말을 찾아 선을 긋고 빈칸에 들어갈 낱말을 써 보세
요.

책상에 걸터앉아 발을
들었다 놓았다 할 때는 ⑦   ② **맞 장 구**

물에서 헤엄칠 때는 ⑭   ④ **발 장 구**

친구 말이 맞다고 할 때는 ⑤   ⑭ **물 장 구**

이 장구가 아니냐…?

4 소리는 같아도 뜻이 전혀 다른 말이 있어요. 왼쪽의 낱말과 같은 뜻으로 쓰인
낱말을 오른쪽에서 찾아 문장에 동그라미 쳐 보세요.

❝ 서너 **땀**만
바느질하면
다 된다. ❞

◦ 뛰었더니 **땀**에 흠뻑 젖었다.

◦ 한 **땀** 두 **땀** 정성 들여 옷을 지었다.

❝ 되로 주고
말로 받는다더니
망했다. ❞

◦ 쌀이 열 **되** 되면 한 **말**이 되는 셈이지.

◦ 무슨 **말**이 그렇게 많은지 모르겠다.

해설

42~43p

요지카에서 다룬 어휘
를 다시 한번 문제로
풀어보면서 어휘력을
기를 수 있습니다. 요
지카를 보면서 문제를
풀 수 있도록 지도해
주세요.

2장 토마토 재판

준비하기 46p

해설 46p

평소 즐겨 먹던 과일과 채소를 분류해 보는 활동입니다. 말놀이에서 이름을 먼저 추론한 다음 알맞은 스티커를 붙이고, 과일과 채소로 분류해 볼 수 있도록 지도해 주세요. 밤과 같은 견과류는 과일로 분류됩니다.

들어보기 1~6 48~59p

판단하다 - **7**	얼토당토않다 - **1**
판정하다 - **6**	왈가왈부하다 - **5**
판결하다 - **2**	으레 - **8**
끼 - **4**	참 - **3**

해설 48~59p

소리 내어 정독할 수 있도록 지도해 주시고, 부모님이 함께 읽어 주셔도 좋습니다. 활동지에 있는 요지카를 미리 잘라서 준비해 놓고, 이야기를 읽으면서 요지카로 어려운 낱말을 함께 익힐 수 있도록 지도해 주세요.

따져보기1 49p

창의 1 '토마토'를 머릿속에 떠올리면 무엇이 생각나나요? 생각나는 것들을 써서 생각그물을 만들어 보세요.

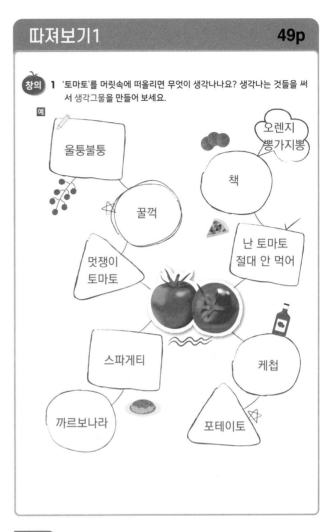

해설

49p

1. 핵심 소재인 '토마토'를 마인드맵하면서 토마토에 대한 배경지식을 활성화하는 활동입니다. 토마토에 대한 지식뿐만 아니라, 느낌이나 생각까지 모두 활성화할 수 있도록 연상해서 써 볼 수 있게 지도해 주세요. 머릿속에 맴도는 생각을 문장이나 낱말로 간결하게 정리하는 능력도 기를 수 있습니다.

해설

51p

1. 두 주인공의 주장을 핵심어로 정리해 보는 활동입니다. 이야기에서 핵심어를 찾아보면서 중요한 낱말을 익힐 수도 있습니다. 세금이 무엇인지 모르는 아이들을 위해 후속 질문을 해주시고, 아이들의 대답을 먼저 들어 본 후 보충 설명을 해 주시면 좋습니다.
후속 질문: 세금이 뭘까요?/ 무엇에 세금을 낼까요?/ 세금은 어디에 내는 걸까요?/ 쓰고 있는 물건 중에서 세금을 낸 건 어떤 게 있을까요?

2. 준비하기 활동에서 과일과 채소를 분류해 보았던 연장선으로 이번에는 자신이 좋아하는 과일과 채소를 직접 그림과 글로 표현해 보는 창의적 활동입니다. 자신이 소개하는 게 과일인지 채소인지 정확하게 인지하면 좋습니다.

53p

1. 관세가 필요한 이유를 만화를 통해서 쉽고 재미있게 알아보는 활동입니다. 아직 경제 개념을 배우지는 않았지만, 이야기에서 쉽게 풀어놓은 내용이기 때문에 충분히 어울리는 답을 추론할 수 있습니다. 예와 비슷한 내용을 썼으면 답으로 인정해 주세요.

2. 토마토 재판의 본질을 잘 이해해서 논리적 근거를 댈 수 있는지 확인하는 활동입니다. 세 개의 답이 있지만, 모두 찾지 못해도 됩니다. 왜 그렇게 생각하는지 이유를 물어봐 주시고, 아이들의 생각을 존중해 주세요.

따져보기4　　55p

 1 재판장은 '과일'이 무엇이라고 설명하나요? 알맞은 내용을 이야기에서 찾아 써 보세요.

답 "과일은 심어서 가꾸는 식물의 맛 좋은 열매 　　(이)다."

 2 재판장의 말 중에서 틀리다고 생각하는 부분을 이야기에서 찾아 밑줄을 긋고 틀린 이유를 반박해서 써 보세요.

예 <u>밥을 다 먹은 뒤에 토마토를 후식으로 먹는 이는 없습니다.</u>
 ➡ 밥을 다 먹은 뒤에 토마토를 먹는 사람도 많기 때문에 재판장의 이 말은 틀렸어요.

 3 재판에서 진 닉스 씨는 어떻게 될까요? 알맞다고 생각하는 의견에 모두 동그라미 쳐 보세요.

예 ● 닉스 씨는 이제 세금을 내야 해. ◯
　➕ 토마토는 채소가 되었으니 세금을 내야 해요.

● 닉스 씨는 더 이상 토마토를 수입하지 않을 거야.

● 닉스 씨는 억울하다고 재판을 다시 신청할 거야. ◯
　➕ 닉스 씨가 쉽게 포기할 것 같지 않아요.

● 닉스 씨는 이제 토마토를 먹지 않을 거야.

따져보기5　　57p

 1 재판장의 판결을 세 문장으로 정리해 보았어요. 마지막 문장에 들어갈 내용을 써 보세요.

답 ● 채소는 음식으로 쓰는 식물입니다. ①
● 토마토는 음식을 만드는 데 쓰입니다. ②
● 따라서 토마토는 ✏ 채소입니다. ③

2 닉스 씨의 말을 듣고 친구들이 보인 반응이에요. 어떤 반응이 가장 적절하다고 생각하는지 동그라미 치고 이유를 말해 보세요.

답 토마토는 멕시코에서 먼저 기르기 시작했구나. 멕시코 사람들은 과일을 좋아하는구나. 멕시코 사람들은 토마토를 과일로 생각하는구나. 멕시코에는 과일이 많구나.

➕ 토마토의 고향이 멕시코라는 말은 멕시코에서 토마토를 먼저 기르기 시작했다는 뜻이에요.
➕ 토마틀의 뜻을 보면 멕시코 사람들은 토마토를 과일로 생각했다는 것을 알 수 있어요.

 3 재판장의 결정에 점수를 매기고, 그렇게 점수를 준 이유를 말해 보세요. (점수는 1점부터 10점까지 줄 수 있어요.)

예 재판장의 결정은 10점 만점에 　5　 점이야.
왜냐하면…

➕ 처음에는 토마토가 과일이라고 했다가 나중에는 채소라고 말을 바꾸었기 때문이야.

해설

55p

1. 이야기에서 '과일'의 정의를 찾아서 문장으로 써보는 활동입니다. 어려운 내용을 글로 써보면서 다시 한번 생각하고 정확하게 이해할 수 있습니다.

2. 재판장의 주장을 논리적으로 따져서 근거가 빈약한 부분을 반박해 보는 비판적 활동입니다. '반박'이 무엇인지 모르는 아이들을 위해서 '반대하는 말'이라고 쉽게 풀어서 설명해 주세요. 예와 다른 내용을 반박하더라도 근거가 논리적이면 답으로 인정해 주세요.

3. 이야기 전개를 통해 상황과 특징을 이해해서 닉스 씨의 이후의 행동을 합리적으로 추론해 보는 활동입니다. 예와 다른 내용을 답으로 생각하더라도 생각을 존중해 주시고, 왜 그렇게 생각했는지 이유를 물어봐 주세요.

57p

1. 생각을 뒷받침하는 논리적 근거를 문장으로 정리해서 확인해 보는 활동입니다. 답을 쓴 후, 재판장의 주장이 맞는지 질문해 주어서 논리적으로 따져 볼 수 있도록 활동을 확장시켜 주세요.

2. 이야기에는 나오지 않지만 맥락적으로 어떤 내용을 추론할 수 있는지 확인하는 활동입니다. 제시된 답과 다른 내용을 선택했다면 왜 그렇게 생각하는지 이유를 물어봐 주시고, 생각을 넓게 받아들여 주세요.

3. 재판장의 결정이 맞는지 그른지 비판적으로 따져 보는 활동입니다. 옳은 결정인지 따져서 점수를 매기고, 왜 그렇게 생각하는지 이유를 말할 수 있도록 지도해 주세요.

간추리기1

간추리기1

토마토 재판

재판장이 토마토 재판의 내용이 적힌 사건 기록을 들여다보고 있어.
알맞은 내용을 써서 사건 기록을 완성해 봐.

답

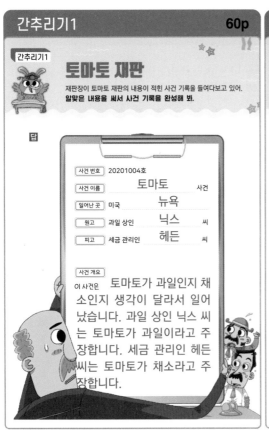

사건 번호	20201004호	
사건 이름	**토마토**	사건
일어난 곳	미국 **뉴욕**	
원고	과일 상인 **닉스**	씨
피고	세금 관리인 **헤든**	씨

사건 개요

이 사건은 **토마토가 과일인지 채소인지 생각이 달라서 일어났습니다. 과일 상인 닉스 씨는 토마토가 과일이라고 주장합니다. 세금 관리인 헤든 씨는 토마토가 채소라고 주장합니다.**

간추리기2

간추리기2

토마토의 정체

토마토는 하나인데 저마다 토마토를 다르게 설명하네.
이야기에서 토마토를 어떻게 설명하고 있는지 빈칸에 써 봐.

답

끼니가 되는 음식으로 쓰는 식물이니까…
채 소

심어서 가꾸는 식물의 맛 좋은 열매니까…
과 일

일 년 동안 사는 감이라고 해서…
일 년 감

열매를 먹는 채소니까…
열 매 채 소

멕시코에서는 속이 꽉 찬 과일이라고 해서…
토 마 틀

남쪽에서 왔다고 해서…
남 만 시

짚어보기1

짚어보기1

디저트 채소

닉스 씨는 밥을 먹은 뒤에 후식으로 먹는 채소가 있다는 것을 나중에
깨달았대. **후식으로 먹는 채소를 찾아 동그라미 쳐 봐.**

그때는 왜 생각이 안 났을까….

앗, 정말 그러네!

하마터면 질 뻔했네….

답

짚어보기2

짚어보기2

토마토도 후식

토마토를 후식으로 먹는 방법을 뿌토에게 물어보았어. **뿌토처럼
토마토를 후식으로 먹는 방법을 생각해서 그림으로 그려 봐.**

친구들, 토마토를 후식으로 먹는 경우가 없을까? 있다면 말이야, 재판장 코를 납작하게 만들어 줄 텐데!

토마토 아이스크림 아이스크림으로 만들어 먹으면 더 맛있어.

토마토 주스 토마토 주스를 마시면 건강해질걸.

🎨 그림으로 마음껏 표현해 보세요.

토마토 케이크 토마토 케이크가 최고!

토마토 셔벗 토마토 셔벗은 입에서 사르르 녹는다고!

60p

이야기에 나온 사건을 사건 기록지에 정리해 보는 활동입니다. 사건 개요에 주요 내용을 잘 정리해서 쓰면서 이야기를 간추리는 연습을 할 수 있습니다.

61p

이야기에 나왔던 토마토와 관련된 낱말을 다시 확인해 보는 활동입니다. 뜻을 보고 낱말을 기억해서 쓰면 좋지만, 기억하지 못하더라도 이야기에서 찾아 쓰면서 정확하게 익힐 수 있도록 지도해 주세요.

62p

제시된 채소 중에서 후식으로 먹는 채소를 분류해 보는 활동입니다. 식생활에서 쉽게 접하는 채소들이기 때문에 답을 쉽게 찾을 수 있으며, 더불어 이들이 채소로 분류된다는 사실을 새롭게 상기해 볼 수도 있습니다.

63p

토마토를 이용한 다양한 음식을 생각해 보고 그림으로 표현해 보는 창의적 활동입니다.

짚어보기3　　64p

닉스 씨 화풀이

재판에서 진 닉스 씨가 토마토를 파는 가게 이름을 보고는 심통이 나서 가게 이름을 고쳐 버렸다. 뭐라고 고쳤을지 생각해서 써 봐.

예

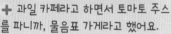

＋ 과일만 파는 게 아니라 채소인 토마토도 팔고 있으니까, 아무거나 가게라고 하는 게 좋을 거 같아요.

＋ 과일 카페라고 하면서 토마토 주스를 파니까, 물음표 가게라고 했어요.

짚어보기4　　65p

채소냐 과일이냐

실은 재판장도 헷갈려서 학자들에게 몰래 물어보았다. 학자들은 토마토를 채소와 과일 중 무엇이라고 했을지 알맞은 곳에 V표 해 봐!

답

나무 식물의 열매는 과일이고요. 줄기 식물의 열매는 채소랍니다. 토마토는 줄기 식물의 열매니까…

☑ 채소　☐ 과일

과일은 씨를 가진 씨주머니가 충분히 알맞게 익은 것인데요. 토마토도 그 씨주머니가 다 자란 것이에요. 그러니까 토마토는…

☐ 채소　☑ 과일

맛이 얼마나 단지 생각해 보면 돼요. 단 정도가 보통 과일의 반이나 그보다 덜 달면 채소예요. 토마토는 과일의 반보다 덜 달아요. 그러니까…

☑ 채소　☐ 과일

짚어보기5　　66p

무엇인감

감이 토마토의 한글 이름 '일년감'이 마음에 들지 않아서 바꾸려고 한대. 이름을 골라서 토마토 스티커를 붙이고 선택한 이유를 말해 봐!

예

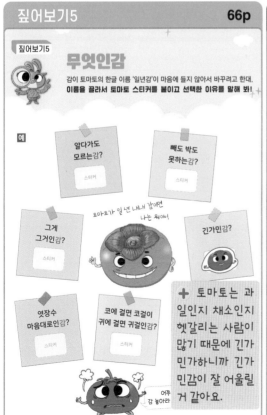

＋ 토마토는 과일인지 채소인지 헷갈리는 사람이 많기 때문에 긴가민가하니까 긴가민감이 잘 어울릴 거 같아요.

보고하기　　67p

설명하는 글

토마토는 과일일까, 채소일까? 토마토에 대해 설명하는 글을 쓴 다음, 토마토가 과일인지 채소인지 네 생각을 써 봐.

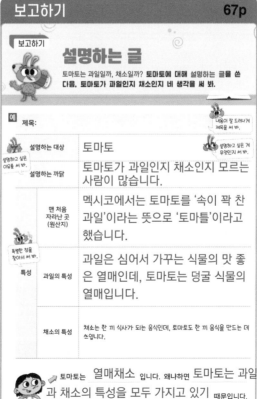

제목:	
설명하는 대상	토마토
설명하는 까닭	토마토가 과일인지 채소인지 모르는 사람이 많습니다.
맨 처음 자라난 곳 (원산지)	멕시코에서는 토마토를 '속이 꽉 찬 과일'이라는 뜻으로 '토마틀'이라고 했습니다.
특성 / 과일의 특성	과일은 심어서 가꾸는 식물의 맛 좋은 열매인데, 토마토는 덩굴 식물의 열매입니다.
채소의 특성	채소는 한 끼 식사가 되는 음식인데, 토마토도 한 끼 음식을 만드는 데 쓰입니다.

토마토는 열매채소 입니다. 왜냐하면 토마토는 과일과 채소의 특성을 모두 가지고 있기 때문입니다.

해설

68~69p

요지카에서 다룬 어휘를 다시 한번 문제로 풀어 보면서 어휘력을 기를 수 있습니다. 요지카를 보면서 문제를 풀 수 있도록 지도해 주세요.

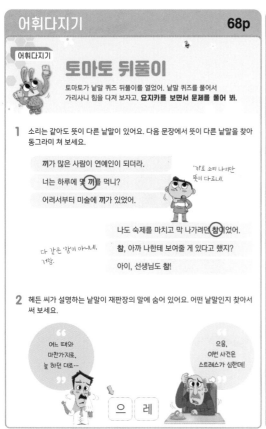

어휘다지기 68p

토마토 뒤풀이

토마토가 낱말 퀴즈 뒤풀이를 열었어. 낱말 퀴즈를 풀어서 가리사니 힘을 다져 보자고. **요지카를 보면서 문제를** 풀어 봐.

1 소리는 같아도 뜻이 다른 낱말이 있어요. 다음 문장에서 뜻이 다른 낱말을 찾아 동그라미 쳐 보세요.

> **끼**가 많은 사람이 연예인이 되더라.
>
> 너는 하루에 몇 **끼**를 먹니?
>
> 어려서부터 미술에 **끼**가 있었어.

'끼'로 소리 나지만 뜻이 다르네.

> 나도 숙제를 마치고 막 나가려던 **참**이었어.
>
> **참**, 아까 나한테 보여줄 게 있다고 했지?
>
> 아이, 선생님도 **참**!

다 같은 '참'이 아니네, 그램.

2 헤든 씨가 설명하는 낱말이 재판장의 말에 숨어 있어요. 어떤 낱말인지 찾아서 써 보세요.

> 어느 때와 마찬가지로, 늘 하던 대로…

> 으음, 이번 사건은 스트레스가 심한데!

으	레

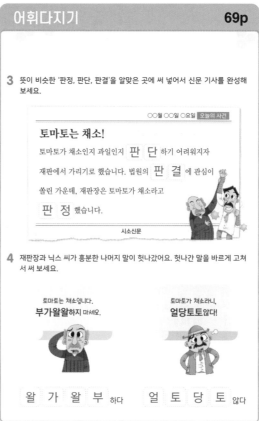

어휘다지기 69p

3 뜻이 비슷한 '판정, 판단, 판결'을 알맞은 곳에 써 넣어서 신문 기사를 완성해 보세요.

○○월 ○○일 ○요일 **오늘의 사건**

토마토는 채소!

토마토가 채소인지 과일인지 **판 단** 하기 어려워지자 재판에서 가리기로 했습니다. 법원의 **판 결** 에 관심이 쏠린 가운데, 재판장은 토마토가 채소라고 **판 정** 했습니다.

시소신문

4 재판장과 닉스 씨가 흥분한 나머지 말이 헛나갔어요. 헛나간 말을 바르게 고쳐 서 써 보세요.

> 토마토는 채소입니다.
> **부가왈왈**하지 마세요.

> 토마토가 채소라니
> **얼당토토않다!**

| 왈 | 가 | 왈 | 부 |하다

| 얼 | 토 | 당 | 토 |않다

138

3장 일꾼과 주인

준비하기   72p

해설 72p

어떤 게 공평한 행동인지 평가해 보는 활동입니다. 주어진 답이 없고 자신의 생각을 뒷받침하는 이유를 말할 수 있으면 좋습니다.

들어보기 1~6   74~85p

날품팔이 - **4**	여태 - **7**
한나절 - **1**	끼니 - **6**
볼품없다 - **8**	항의 - **2**
딱하다 - **5**	자비 - **3**

해설 74~85p

소리 내어 정독할 수 있도록 지도해 주시고, 부모님이 함께 읽어 주셔도 좋습니다. 활동지에 있는 요지카를 미리 잘라서 준비해 놓고, 이야기를 읽으면서 요지카로 어려운 낱말을 함께 익힐 수 있도록 지도해 주세요.

따져보기1   75p

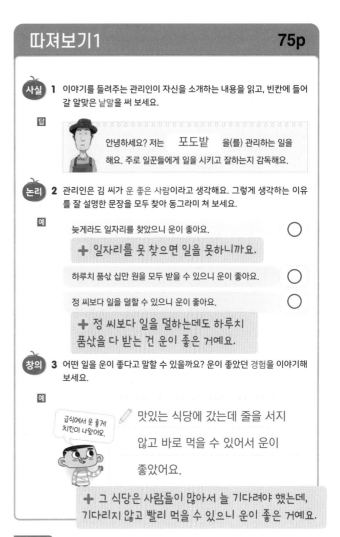

해설

75p

1. 이야기를 들려주는 화자, '관리인'에 대한 정보를 정확하게 해석하고 있는지 확인하는 사실적 질문입니다. 핵심어를 써서 문장을 완성할 수 있습니다.

2. 운이 좋은 상황의 이유나 근거를 문맥에서 찾아보는 논리적 활동입니다. 세 가지 이유 모두 답이 될 수 있습니다. 답으로 무엇을 선택하든 생각을 존중해 주시고, 왜 그렇게 판단했는지 더 물어봐 주세요.

3. 이야기를 읽으면서 자연스럽게 '운이 좋다'는 말의 의미를 이해할 수 있습니다. 더불어 자신의 운 좋은 경험을 이야기해 볼 수 있습니다. 경험을 이야기한 후에 왜 그 경험이 운이 좋다고 생각하는지 이유도 꼭 물어봐 주세요.

<table>
<tr><td>

따져보기2   **77p**

 1 농장에 일꾼으로 온 이 씨를 설명하는 내용 중에서 틀린 문장을 찾아 X표 하세요.

답

이 씨는 게으르서 점심때가 되어서야 일하러 왔어요.   ✕

이 씨는 힘이 약해 보여서 일꾼으로 쓰고 싶어 하는 사람이 없었어요.

이 씨는 일할 곳이 필요해서 아침부터 일자리를 찾았어요.

 2 주인 할아버지가 이 씨를 일꾼으로 보낸 이유를 설명하고 있어요. 내용에 맞게 순서대로 번호를 매기고 빈칸에 들어갈 내용을 써 보세요.

답

2 배도 고파 보이고 힘도 없어 보였어.

1 점심때쯤 이 씨를 보았어. 밥도 먹지 않고 일을 찾고 있더라고.

3 그래서 이 씨에게 우리 포도밭에 와서 일하라고 했어.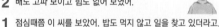

 3 관리인처럼 이 씨를 일꾼으로 보낸 게 이상하다고 생각하나요? 자신의 의견에 동그라미 치고 이유를 말해 보세요.

예

 주인 할아버지가 이 씨를 일꾼으로 보낸 건 많이 이상해요.

이 씨를 일꾼으로 보낸 건 (이상해요 , 이상하지 않아요). 왜냐하면·

➕ 왜냐하면 이 씨는 힘도 약해 보이니까 일을 잘 못할 거 같기 때문이에요. 내가 주인이라면 좀 더 튼튼해 보이는 사람을 일꾼으로 쓸 거 같아요.

</td><td>

따져보기3   **79p**

 1 박 씨가 일꾼으로 왔을 때 관리인의 마음은 어땠을까요? 관리인의 마음을 잘 표현한 낱말에 모두 색칠해 보세요

예

➕ 힘도 없어 보이는 일꾼들이 자꾸 오니까 이상하기도 하고, 일을 잘하지 못할 거 같아서 걱정스럽기도 할 거 같아요.

 2 관리인처럼 박 씨가 운 좋은 사람이라고 생각하나요? 맞다고 생각하는 주장과 이유에 동그라미 쳐 보세요.

예

'세상에, 정말 운 좋은 사람이군!'

동의해요

늦게라도 밥을 먹게 되었으니 운이 좋아요.

일을 조금만 해도 되니 운이 좋아요.

동의하지 않아요

약해 보여서 일을 겨우 구했으니 운이 좋지 않아요.

늦게까지 밥을 못 먹었으니 운이 나빠요.

➕ 조금 일하고 많이 벌면 운이 좋은 거예요.

 3 주인 할아버지가 박 씨를 일꾼으로 보내지 않았다면 박 씨는 어떻게 되었을까요? 생각해서 써 보세요.

예

 박씨는 아마도… 하루 종일 아무것도 먹지 못하고 쫄쫄 굶었을 거예요.

</td></tr>
</table>

해설

77p

1. 문맥을 잘 파악해서 정확한 정보를 추론해 낼 수 있는지 확인하는 활동입니다. 이 씨가 게으르다는 의미는 문맥에서 찾을 수 없으므로 틀린 문장입니다. 만약 다른 내용을 답으로 선택한다면, 더 생각해 볼 수 있도록 질문해 주세요.
후속 질문: 아침부터 일자리를 찾았는데 일을 못한 이유가 무엇인가요?/ 힘이 약해 보이는 일꾼에게 일을 시키고 싶을까요?/ 게으른 행동은 어떤 것일까요?

2. 주인 할아버지가 이 씨를 일꾼으로 보낸 이유를 생각해 봄으로써 주인 할아버지의 의도와 마음을 생각해 볼 수 있습니다. 일자리를 제안한 주인 할아버지의 마음이 잘 표현되도록 문장을 쓴다면 답으로 인정해 주세요.

3. 주인 할아버지의 행동을 비판적으로 따져보는 활동입니다. 어떻게 판단하든 합리적 근거를 제시할 수 있도록 이유를 물어봐 주세요.

79p

1. 주인 할아버지의 행동을 이해하기 어려워하는 관리인의 마음을 어떤 낱말로 표현하면 좋을지 추론해 보는 활동입니다. 선택한 낱말이 왜 관리인의 마음을 표현한다고 생각하는지 이유를 말할 수 있으면 좋습니다.

2. 관리인의 생각이 맞는지 비판적으로 따져 보고, 합당한 이유까지 선택해 보는 활동입니다. 맞다고 생각하는 주장에도 이유는 여러 개일 수 있으니, 합당한 이유도 선택해 볼 수 있도록 지도해 주세요. 또한 다른 이유도 더 있는지 물어봐 주세요.

3. 이야기에서 박 씨가 '끼니를 굶을 뻔했다'고 한 내용을 통해 쉽게 다른 결과를 생각해 낼 수 있습니다. 더불어 박 씨에게 일자리를 제안한 주인 할아버지의 행동을 자비로움과 연결 지어 생각해 볼 수 있도록 후속 질문해 주세요.
후속 질문: 주인 할아버지가 박 씨에게 일을 시킨 이유는 무엇일까요?/ 왜 주인 할아버지는 박 씨가 조금밖에 일을 못할 텐데도 하루치 품삯을 준다고 했을까요?

따져보기4   81p

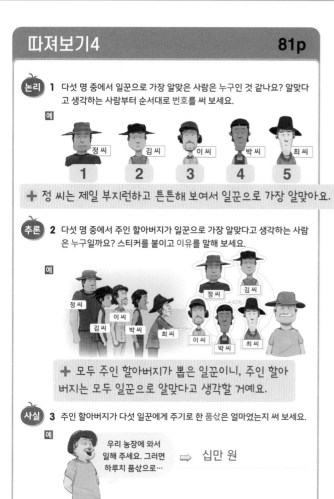

논리 **1** 다섯 명 중에서 일꾼으로 가장 알맞은 사람은 누구인 것 같나요? 알맞다고 생각하는 사람부터 순서대로 번호를 써 보세요.

예

> 정 씨   김 씨   이 씨   박 씨   최 씨
>
> **1**   **2**   **3**   **4**   **5**

➕ 정 씨는 제일 부지런하고 튼튼해 보여서 일꾼으로 가장 알맞아요.

추론 **2** 다섯 명 중에서 주인 할아버지가 일꾼으로 가장 알맞다고 생각하는 사람은 누구일까요? 스티커를 붙이고 이유를 말해 보세요.

예

➕ 모두 주인 할아버지가 뽑은 일꾼이니, 주인 할아버지는 모두 일꾼으로 알맞다고 생각할 거예요.

사실 **3** 주인 할아버지가 다섯 일꾼에게 주기로 한 품삯은 얼마였는지 써 보세요.

예

우리 농장에 와서 일해 주세요. 그러면 하루치 품삯으로…   ⇨   십만 원

따져보기5   83p

사실 **1** 관리인은 무엇을 가장 걱정하고 있나요? 빈칸에 알맞은 낱말을 써서 문장을 완성해 보세요.

답

> 일꾼들에게   **품삯**   을(를) 나눠 줄 때 일꾼들이 불공평하다고 가만있지 않을까 봐 걱정이에요.

비판 **2** 여러분이 관리인이라면 주인 할아버지가 시키는 대로 품삯을 나눠 줄 건가요? 자신의 생각에 동그라미 치고 이유를 써 보세요.

예

> 내가 관리인이라면 주인 할아버지가 시키는 대로
>
> (⑩ 할 , 하지 않을) 거예요. 왜냐하면
>
> ✏ 주인 할아버지가 포도밭의 주인이고, 나는 관리인일 뿐이기 때문이에요.

➕ 주인이니까 원하는 대로 할 수 있어요.

논리 **3** 주인 할아버지가 모든 일꾼에게 하루치 품삯을 똑같이 나눠 준 이유는 무엇일까요? 이유를 생각해 보고 문장으로 써 보세요.

예 ⇨ 품삯을 똑같이 나눠 준 이유는 일꾼들이 하루 동안 벌어야 하는 돈이기 때문인 것 같아요.

➕ 그 돈이 있어야 일꾼들이 살 수 있어요.

해설

81p

1. 일꾼의 조건을 따져 본다면 어떤 사람이 적합한지 생각해 보는 논리적 활동입니다. 정해진 답은 없습니다. 가장 일꾼으로 적합한 사람이 누구인지 판단해 보고, 왜 그렇게 생각하는지 이유를 말할 수 있도록 지도해 주세요.

2. 주인 할아버지 입장에서 일꾼으로 알맞은 사람은 누구인지 추론해 보는 활동입니다. 주인 할아버지는 모두를 일꾼으로 선택했으니 모두 답이 될 수도 있습니다. 누구를 선택하든 선택한 이유를 설명할 수 있으면 좋습니다.

3. 다섯 일꾼이 일한 시간은 다른데도 품삯은 같다는 사실을 확인하는 질문입니다. 더불어 왜 같은 품삯을 지불했을지 주인 할아버지의 마음을 짐작해 볼 수도 있습니다.

83p

1. 이야기에서 제시된 논점을 핵심어를 넣어 문장으로 완성해 보는 사실적 질문입니다. '품삯'은 잘 쓰지 않는 낱말이니, 다른 비슷한 낱말이 무엇이 있는지 생각해 볼 수 있도록 지도해 주세요.

2. 주인 할아버지의 말을 그대로 따르는 관리인의 행동이 맞는지 따져 보고, 주인 할아버지의 행동이 적합한지 생각해 보는 비판적 활동입니다. 생각에 대한 이유가 논리적인 설득력을 갖췄는지 살펴봐 주세요.

3. 주인 할아버지의 마음을 합리적 근거를 들어 설명해 보는 논리적 활동입니다. 예와 비슷한 내용의 답이 나왔는지 살펴봐 주시고, 후속 질문을 통해서 생각을 확장시켜 주세요.
후속 질문: 주인 할아버지가 일부러 일꾼들을 생각해서 돈을 똑같이 주었다고 생각하나요?/ 일꾼들이 돈을 적게 벌면 어떻게 될까요?

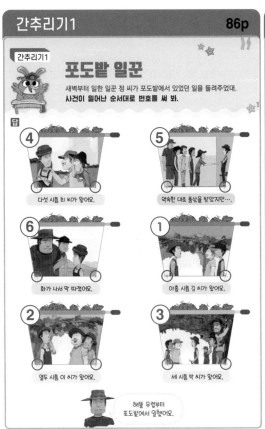

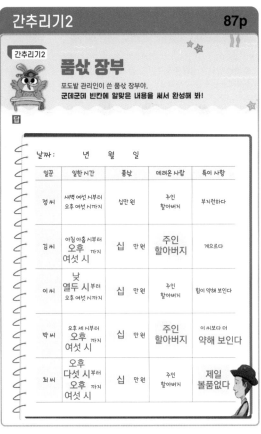

해설

86p

이야기를 사건이 일어난 순서대로 정리해 보는 활동입니다. 그림을 보면서 이야기 내용을 다시 떠올려 보고 알맞은 순서를 찾을 수 있습니다.

87p

다섯 일꾼의 특징과 일자리 조건을 알맞은 낱말을 넣어 정리해 보는 활동입니다.

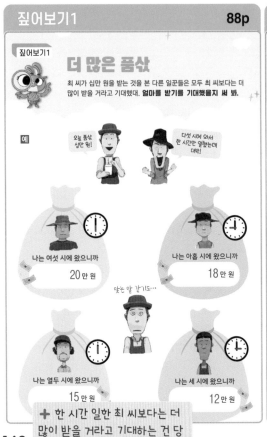

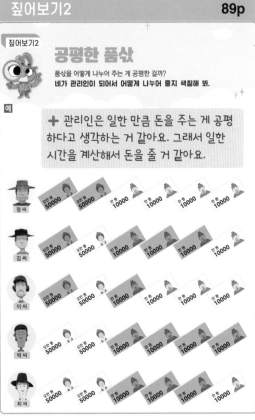

88p

다른 조건과 환경에서 일한 일꾼들이 상황을 어떻게 받아들일지 추론해 보는 활동입니다. 최 씨와 비교해서 더 많은 품삯을 기대할 수도 있지만, 원래 조건대로 품삯을 받을 거라고 생각할 수도 있습니다.

89p

관리인 입장이 되어서 무엇이 공평한 방법인지 추론해 보는 활동입니다. 관리인은 일꾼이 아니기 때문에 객관적인 입장이 될 수 있으므로, 어떤 방법이 공평한 것인지 진지하게 고민해 볼 수 있습니다.

3장 일꾼과 주인

짚어보기3　90p

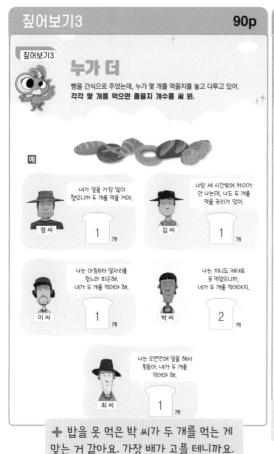

짚어보기4　91p

짚어보기5　92p

보고하기　93p

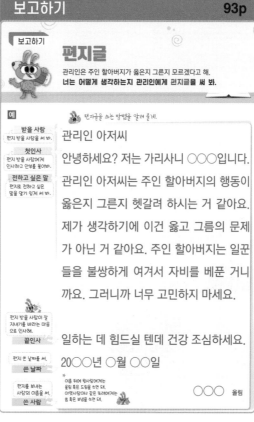

해설

90p

어떻게 나누는 게 공정한지 나눔의 기준을 고민해 보는 활동입니다. 등장인물 모두에게 더 받아야 하는 이유가 있는데, 이 중에서 어떤 기준을 적용해서 나눔을 베풀지 고민해 볼 수 있습니다.

91p

주인 할아버지의 행동을 도움을 받는 입장에서 생각해 보는 활동입니다. 만약 주인 할아버지가 그냥 돈을 준다면 일꾼들은 그 도움을 떳떳하게 받아들일 수 있을지 고민해 봅니다.

92p

이야기의 주제를 생각해서 댓글을 써 보는 창의적 활동입니다. 이야기와 관련 있는 내용으로 댓글을 쓸 수 있도록 지도해 주세요.

93p

공평한 행동과 자비로운 행동에 대한 자신의 생각을 편지글로 정리해 봅니다. 주어진 설명에 따라 문장으로 표현할 수 있도록 지도해 주세요.

어휘다지기

관리인 뒤풀이

관리인이 낱말 퀴즈 뒤풀이를 열었어. 낱말 퀴즈를 풀어서
가리사니 힘을 다져 보자고. **요지카를 보면서 문제를 풀어 봐.**

1 기자가 일꾼 박 씨를 인터뷰했어요. 박 씨가 질문에 뭐라고 답했을지 빈칸에 들
어갈 알맞은 낱말을 요지카에서 찾아 써 보세요.

> 👨 안녕하세요? 오늘 무슨 일이 있었는지 말씀해 주시겠어요?
>
> 👨 안녕하세요? 저는 날품팔이 (으)로 먹고사는 박 씨입니다.
> 오늘은 일자리를 구하기 힘들어서 끼니 도
> 못 먹었어요.
>
> 👨 저런, 아주 딱한 사정이군요.

2 같은 뜻의 두 낱말을 뒤죽박죽 섞어 놓은 상태에서 두 낱말을 바르게 가려내어
써 보세요.

끼 니 — 사 끼 식 니 — 식 사

여 태 — 아 여 직 태 — 아 직

3 포도를 먹으면서 이야기를 읽다가 그만 과즙이 떨어지고 말았어요. 얼룩 때문
에 보이지 않는 글자를 요지카에서 찾아 써 보세요.

> 그런데 주인 할아버지가 보자마자 우리 포도밭으로 가라고 했
> 다는 거예요. 게다가 벌써 ●●● ① 이 지났는데도 하루치 품삯을
> 다 준다고도 했대요. 나 참, 최 씨는 정말 지금까지 본 일꾼 중에
> 서 제일 ●● ② . 설마 우리 포도밭에 일을 시키려고 데려
> 온 사람은 아닐 거라고 생각했다니까요.

① 한나절   ② 볼품없었어요

4 다음 문장에 공통으로 들어갈 낱말을 요지카에서 찾아 써 보세요.

🌸 감독이 심판에게 항 의 했어요.

🌸 인종 차별에 항 의 했어요.

🌸 층간 소음 때문에 항 의 했어요.

> 🌸 길고양이에게 먹이를 주는 자 비 를 베풀어 주세요.
>
> 🌸 게임 시간을 늘리는 자 비 를 베풀어 주세요.
>
> 🌸 자 비 를 베풀어 파자마 파티를 허락해 주세요.

요지카에서 다룬 어휘
를 다시 한번 문제로
풀어보면서 어휘력을
기를 수 있습니다. 요
지카를 보면서 문제를
풀 수 있도록 지도해
주세요.

4장 세상에서 가장 강한 것

준비하기 98p

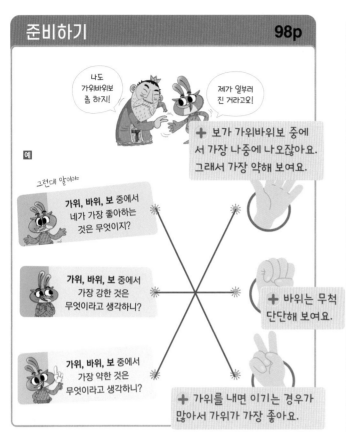

해설 98p

승부를 정할 때 흔하게 쓰는 방법인 가위바위보로 강약의 개념을 생각해 보는 활동입니다. 정해진 답은 없고, 강약의 가치를 어떻게 정했는지 생각해 볼 수 있도록 이유를 물어봐 주세요.

들어보기 1~6 100~110p

감싸다 - **4**	어엿하다 - **7**
청혼 - **1**	이러저러하다 - **5**
식은 죽 먹듯 - **2**	맥 - **8**
두 손 들다 - **3**	기대하다 - **6**

해설 100~110p

소리 내어 정독할 수 있도록 지도해 주시고, 부모님이 함께 읽어 주셔도 좋습니다. 활동지에 있는 요지카를 미리 잘라서 준비해 놓고, 이야기를 읽으면서 요지카로 어려운 낱말을 함께 익힐 수 있도록 지도해 주세요.

따져보기1 103p

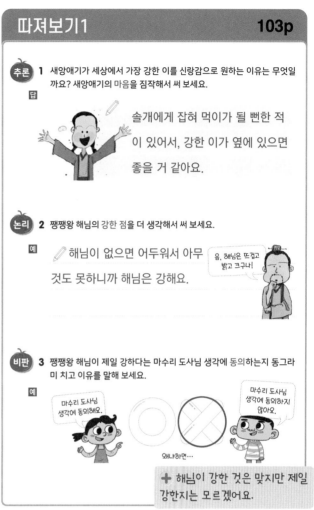

해설

103p

1. 왜 신랑감으로 강한 이를 원했는지 새앙애기 입장이 되어서 생각해 보는 활동입니다. 이야기에서 내용을 추론할 수 있으면 좋지만, 다른 내용을 쓰더라도 긍정적으로 수용해 주세요. 왜 그런 내용을 생각했는지 이유를 물어봐 주세요.

2. 해님의 강한 점을 논리적 근거를 들어 설명하는 문제입니다. 이유가 주장과 어울리는지 확인해 주세요. 완성된 문장으로 표현하면 좋지만, 아직 쓰기가 서툰 아이들은 간단하게라도 적을 수 있도록 독려해 주세요.

3. 제일 강한 것이 무엇인지 생각해 보기 위해서 마수리 도사님의 생각을 비판적으로 따져 보는 활동입니다. 생각을 뒷받침하는 이유를 잘 설명할 수 있으면 좋습니다.

따져보기2   105p

 1 해님보다 강한 이가 있다는 말을 들은 마수리 도사님과 새양애기의 마음은 어땠을까요? 마음을 표현할 수 있는 낱말을 모두 찾아 색칠해 보세요.

예

놀랍다   지루하다   재미있다

다급하다   기쁘다

➕ 해님이 가장 강하다고 생각했는데, 더 강한 이가 있다고 해서 놀랐을 거 같아요.

 2 뭉게왕 구름이 나타나면 쨍쨍왕 해님은 어떻게 될까요? 상상해 보고 말풍선에 들어갈 말을 써 보세요.

예

아이고, 깜깜해.
아이고, 답답해.

다 가려 버릴 거야!

사실 3 구름을 찾아간 마수리 도사는 '이러저러해서' 왔다고 말했어요. 뭐라고 말했을지 내용을 써 보세요.

답

🖊 뭉게왕 구름님, 제 딸이 세상에서 가장 강한 이와 결혼하고 싶어 해요. 제 딸의 짝이 되어 주세요.

따져보기3   107p

 1 뭉게왕 구름처럼 바람이 강하게 느껴졌던 경험을 이야기해 보세요.

예 ➪ 뉴스에서 바람 때문에 간판이 날아가는 것을 봤어요. 그때 바람이 엄청 강하다고 느꼈어요.

 2 쌩쌩왕 바람이 뭉게왕 구름을 '식은 죽 먹듯' 날려 버린다는 의미는 무엇일까요? 잘 설명한 문장을 모두 찾아 동그라미 쳐 보세요.

답

🎋 뭉게왕 구름을 쉽게 날려 버려요. ⭕

🎋 뭉게왕 구름을 거리낌 없이 날려 버려요. ⭕

🎋 뭉게왕 구름은 식은 죽처럼 날아가요. ▢

🎋 뭉게왕 구름을 먹기 쉽게 날려 버려요. ▢

 3 여러분이 '식은 죽 먹듯' 할 수 있는 일과 앞으로 '식은 죽 먹듯' 하고 싶은 일은 무엇인지 써 보세요.

예   내가 식은 죽 먹듯 할 수 있는 일은요…   내가 식은 죽 먹듯 하고 싶은 일은요…

🖊 유튜브를 보는 거예요.   🖊 수학 문제를 푸는 거예요.

➕ 유튜브를 보는 일은 하나도 어렵지 않아요.   ➕ 그러면 시험에서 백 점을 맞을 수 있을 거예요.

해설

105p

1. 등장인물의 마음을 추론해서 낱말로 표현해 보는 활동입니다. 선택한 낱말의 의미가 무엇인지 물어봐 주세요.

2. 해가 구름에 가려졌을 때를 상상해 보고, 상황에 어울리는 말을 지어내는 창의적 활동입니다. 재치 있는 답변이 기대됩니다. 상황에 맞는 내용으로 말풍선을 채웠는지 살펴봐 주세요.

3. 이야기의 흐름을 파악해서 생략된 내용을 완성해 보는 활동입니다. 더불어 문장으로 표현해 봄으로써 문장력을 기를 수 있습니다. 답과 비슷한 내용을 적었으면 답으로 인정해 주세요.

107p

1. 바람의 강한 점을 경험을 통해 이해해 보는 창의적 활동입니다. 바람을 이용한 스포츠나 놀이, 혹은 바람으로 인한 피해 등 다양한 부분에서 생각해 볼 수 있도록 질문해 주세요.

2. 관용구 '식은 죽 먹듯'의 의미를 이해하고 잘 해석해 놓은 문장을 추론해 보는 문제입니다. 더불어 비슷한 어휘로 이루어진 문장을 통해 어휘를 확장시켜 볼 수도 있습니다. 답을 찾은 후에 '식은 죽 먹듯'을 넣어서 다른 말들을 만들어 보는 활동을 해 보면 의미를 더 명확하게 이해할 수 있습니다.

3. 앞 문제에서 이해한 내용을 토대로 자신의 상황과 경험에 비추어보는 창의적 활동입니다. 다양하고 재미있는 답변이 기대됩니다.

따져보기4　109p

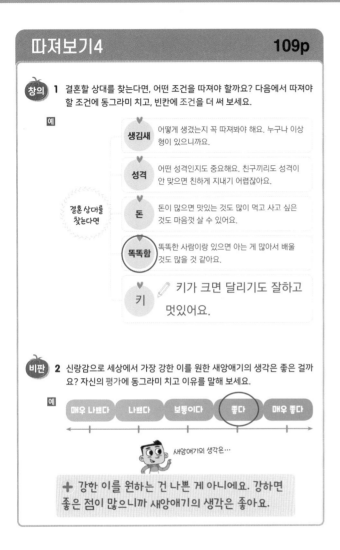

창의 **1** 결혼할 상대를 찾는다면, 어떤 조건을 따져야 할까요? 다음에서 따져야 할 조건에 동그라미 치고, 빈칸에 조건을 더 써 보세요.

예

결혼 상대를 찾는다면

생김새 어떻게 생겼는지 꼭 따져봐야 해요. 누구나 이상형이 있으니까요.

성격 어떤 성격인지도 중요해요. 친구끼리도 성격이 안 맞으면 친하게 지내기 어렵잖아요.

돈 돈이 많으면 맛있는 것도 많이 먹고 사고 싶은 것도 마음껏 살 수 있어요.

똑똑함 똑똑한 사람이랑 있으면 아는 게 많아서 배울 것도 많을 것 같아요.

키 ✏ 키가 크면 달리기도 잘하고 멋있어요.

비판 **2** 신랑감으로 세상에서 가장 강한 이를 원한 새앙애기의 생각은 좋은 걸까요? 자신의 평가에 동그라미 치고 이유를 말해 보세요.

예

매우 나쁘다 ─ 나쁘다 ─ 보통이다 ─ 좋다 ─ 매우 좋다

새앙애기의 생각은…

➕ 강한 이를 원하는 건 나쁜 게 아니에요. 강하면 좋은 점이 많으니까 새앙애기의 생각은 좋아요.

따져보기5　111p

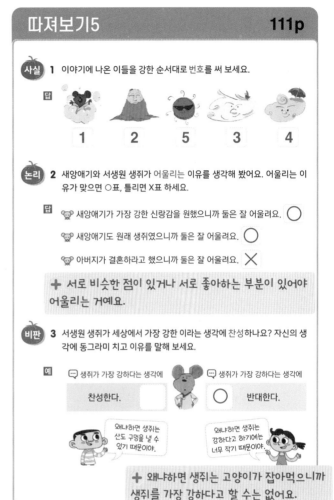

사실 **1** 이야기에 나온 이들을 강한 순서대로 번호를 써 보세요.

답

1　2　5　3　4

논리 **2** 새앙애기와 서생원 생쥐가 어울리는 이유를 생각해 봤어요. 어울리는 이유가 맞으면 ○표, 틀리면 ✗표 하세요.

답

🐭 새앙애기가 가장 강한 신랑감을 원했으니까 둘은 잘 어울려요. ○

🐭 새앙애기도 원래 생쥐였으니까 둘은 잘 어울려요. ○

🐭 아버지가 결혼하라고 했으니까 둘은 잘 어울려요. ✗

➕ 서로 비슷한 점이 있거나 서로 좋아하는 부분이 있어야 어울리는 거예요.

비판 **3** 서생원 생쥐가 세상에서 가장 강한 이라는 생각에 찬성하나요? 자신의 생각에 동그라미 치고 이유를 말해 보세요.

예

💬 생쥐가 가장 강하다는 생각에 ☐ 찬성한다.

💬 생쥐가 가장 강하다는 생각에 ○ 반대한다.

왜냐하면 생쥐는 산도 구멍을 낼 수 있기 때문이야.

왜냐하면 생쥐는 강하다고 하기에는 너무 작기 때문이야.

➕ 왜냐하면 생쥐는 고양이가 잡아먹으니까 생쥐를 가장 강하다고 할 수는 없어요.

해설

109p

1. 어떤 조건이 결혼 상대를 찾을 때 필요한지 생각해 보는 창의적 활동입니다. 아직 어린 나이지만 필요한 조건의 이유를 읽어 보면서 생각을 키워 볼 수 있습니다. 더불어 더 필요한 조건이 무엇일지 생각해서 이유와 함께 적어 볼 수 있도록 지도해 주세요.

2. 주인공의 생각이 좋은지 나쁜지 비판적으로 따져 보고, 자신의 생각을 가치수직선으로 정리해 보는 활동입니다. 가치수직선으로 비판하기는 단순히 좋다 나쁘다를 떠나서 더 다양한 항목으로 평가해 볼 수 있는 활동입니다.

111p

1. 이야기에 제시된 강한 순서대로 나열해 보는 사실적 질문입니다. 문제가 의도한 대로 이야기를 바탕으로 답을 쓰면 좋지만, 자신의 생각대로 순서를 매기는 아이들도 있습니다. 아이들의 표현을 너그럽게 받아 주세요.

2. 새앙애기와 서생원이 어울리는 점을 논리적으로 따져보는 활동입니다. 공통점이나 비슷한 점, 좋아하는 점을 근거로 내세운 문장을 답으로 찾을 수 있으면 좋습니다.

3. 제시된 주장을 비판적으로 따져보면서 강한 것이 조건에 따라 달라질 수 있음을 깨닫는 활동입니다. 문제에 제시된 이유 말고도 자신의 주장을 뒷받침하는 이유를 더 생각해 볼 수 있도록 지도해 주세요.

간추리기1 112p

간추리기1

초대장

새앙애기 결혼식에 초대하기 위해 도사님이 보내는 초대장이야.
빈 곳을 채우고 색칠해서 초대장을 완성해 봐.

답

초대합니다

우리 딸이 마침내 **신랑감**을 찾아 **결혼** 하게 되었습니다.

오셔서 축복해 주세요.

그림으로 마음껏
표현해 보세요.

세상에서 가장 **강한** 이 신랑   신부 도사님네 생쥐 딸
서생원 생쥐   **새앙애기**

시간: 년 월 일 시
장소: **솔개** 가 새앙애기를 떨어뜨렸던 도사님네 앞 큰 **바위**

간추리기2 113p

간추리기2

신랑감들

마수리 도사가 만났던 이들에게 초대장을 보내려고 해. **봉투에 받는 이의
별명을 쓰고 우표 스티커를 붙인 후 그리거나 색칠해서 꾸며 봐.**

예

받는 이 별명을
써넣으면 전달되는
마법편지로 보내야겠다.

보내는 이: 마수리 도사   받는 이: **쨍쨍왕** 해님
보내는 이: 마수리 도사   받는 이: **뭉게왕** 구름
보내는 이: 마수리 도사   받는 이: **쌩쌩왕** 바람
보내는 이: 마수리 도사   받는 이: **우뚝왕** 산

그림으로 마음껏
표현해 보세요.

신랑감을
대체 몇이나
만나 본 거야!

짚어보기1 114p

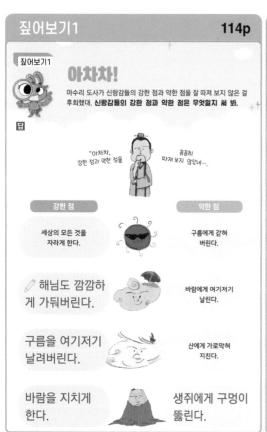

짚어보기1

아차차!

마수리 도사가 신랑감들의 강한 점과 약한 점을 잘 따져 보지 않은 걸
후회했대. **신랑감들의 강한 점과 약한 점은 무엇일지 써 봐.**

답

"아차차,
강한 점과 약한 점을   꼼꼼히
따져 보지 않았네…"

강한 점	약한 점
세상의 모든 것을 자라게 한다.	구름에게 갇혀 버린다.
해님도 깜깜하게 가둬버린다.	바람에게 여기저기 날린다.
구름을 여기저기 날려버린다.	산에게 가로막혀 지친다.
바람을 지치게 한다.	생쥐에게 구멍이 뚫린다.

짚어보기2 115p

짚어보기2

누가 강할까

결혼식에 초대받은 이들이 누가 더 강한지 따져 보기로 했대.
네가 생각하는 가장 강한 이는 누구인지 스티커를 붙여 봐.

<바람과 해님> 이야기
알지? 바람과 대결에서
이긴 건 나라고!

우르릉 쾅쾅!
천둥번개를 치는 게 누구야?
바로 나야 나!

<오즈의 마법사>에서 도로시를
오즈로 보낸 게 누군지 알아?
바로 나야 나!

크고 많은 걸 빗대어 설명할 때
'태산 같다'고 해, 내가 강한 걸
모두 알고 있지!

스티커
스티커
스티커

1
2
4
3

잘 만났네,
이번에
누가 더 강한지
가려내 봐.

112p

이야기의 핵심어를 이용해서 인물의 특징과 관계를 정리해 보는 활동입니다. 정확한 낱말을 생각해 낼 수 있으면 좋지만, 기억이 나지 않으면 이야기에서 찾아서 써 볼 수 있습니다.

113p

캐릭터의 별명을 쓰고, 별명에 어울리는 우표 스티커와 이미지로 봉투를 꾸며 보는 창의적 활동입니다.

114p

이야기에 나온 내용을 토대로 각 캐릭터의 장단점을 다시 한번 정리해 보는 활동입니다. 아는 내용을 문장으로 다시 씀으로써 정확한 표현력을 기를 수 있습니다.

115p

주어진 제시문을 꼼꼼히 읽고 가장 강한 것의 조건을 확립해서 문제를 해결해 보는 활동입니다. 정해진 답은 없습니다. 가치 판단이 다를 수 있으므로 왜 그렇게 생각했는지 이유를 물어봐 주세요.

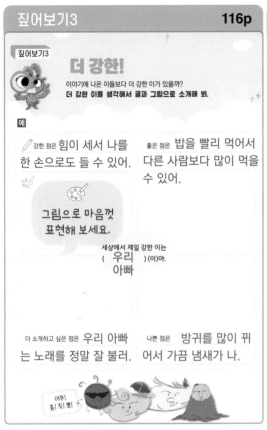

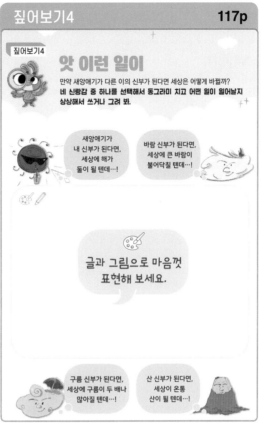

해설

116p

이번에는 더 다양한 조건에서 강한 것을 찾아 보는 활동입니다. 자신이 생각하는 강한 것을 장단점과 더 소개하고 싶은 점으로 세분화시켜서 표현해 볼 수 있도록 지도해 주세요.

117p

만약 다른 이가 신랑감이 되었다면 어땠을지 상상해 보면서, 새앙애기에게 서생원이 어울리는지 생각해 보는 활동입니다. 창의적이고 기발한 표현을 기대해 봅니다.

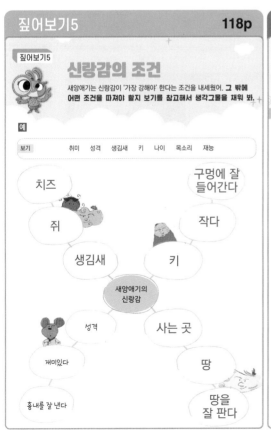

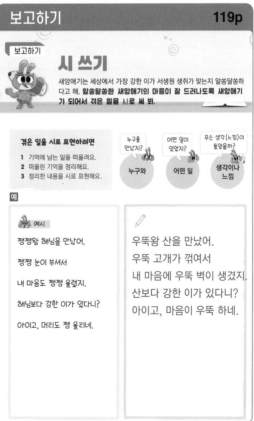

118p

새앙애기에게 어울리는 신랑감의 조건은 무엇이 있을지 더 따져보는 활동입니다. 보기에 나온 조건 말고도 더 다양한 조건을 생각해서 생각그물을 완성해 볼 수 있도록 지도해 주세요.

119p

새앙애기의 마음이 잘 드러나도록 시를 써 봅니다. 주어진 설명을 참고해서 시로 표현해 볼 수 있습니다.

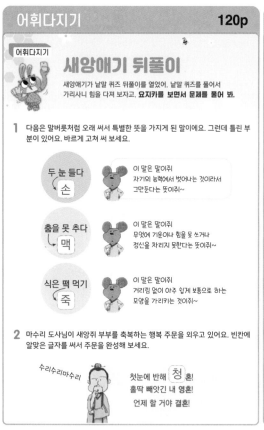

어휘다지기

새앙애기 뒤풀이

새앙애기가 낱말 퀴즈 뒤풀이를 열었어. 낱말 퀴즈를 풀어서
가리사니 힘을 다져 보자고. **요지카를 보면서 문제를 풀어 봐.**

1 다음은 말버릇처럼 오래 써서 특별한 뜻을 가지게 된 말이에요. 그런데 틀린 부분이 있어요. 바르게 고쳐 써 보세요.

두 눈 들다
손
> 이 말은 말이죠
> 자기의 능력에서 벗어나는 것이라서
> 그만둔다는 뜻이죠~

춤을 못 추다
맥
> 이 말은 말이죠
> 무엇에 기운이나 힘을 못 쓰거나
> 정신을 차리지 못한다는 뜻이죠~

식은 떡 먹기
죽
> 이 말은 말이죠
> 거리낌 없이 아주 쉽게 보통으로 하는
> 모양을 가리키는 것이죠~

2 마수리 도사님이 새앙쥐 부부를 축복하는 행복 주문을 외우고 있어요. 빈칸에 알맞은 글자를 써서 주문을 완성해 보세요.

수리수리마수리

첫눈에 반해 청 혼!
홀딱 빼앗긴 내 영혼!
언제 할 거야 결혼!

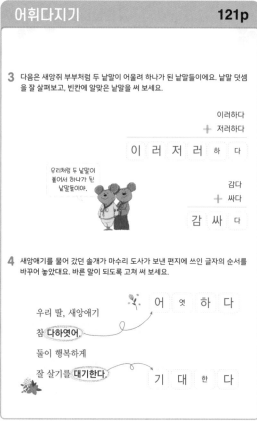

3 다음은 새앙쥐 부부처럼 두 낱말이 어울려 하나가 된 낱말들이에요. 낱말 덧셈을 잘 살펴보고, 빈칸에 알맞은 낱말을 써 보세요.

이러하다
＋ 저러하다

| 이 | 러 | 저 | 러 | 하 | 다 |

> 우리처럼 두 낱말이
> 붙어서 하나가 된
> 낱말들이야.

감다
＋ 싸다

| 감 | 싸 | 다 |

4 새앙애기를 물어 갔던 솔개가 마수리 도사가 보낸 편지에 쓰인 글자의 순서를 바꾸어 놓았대요. 바른 말이 되도록 고쳐 써 보세요.

우리 딸, 새앙애기
참 **다하엿어.**
둘이 행복하게
잘 살기를 **대기한다.**

| 어 | 엿 | 하 | 다 |

| 기 | 대 | 한 | 다 |

120~121p

요지카에서 다룬 어휘를 다시 한번 문제로 풀어보면서 어휘력을 기를 수 있습니다. 요지카를 보면서 문제를 풀 수 있도록 지도해 주세요.

✂ —— 자르는 선
.... 접는 선

1장
일곱 친구의 자기 자랑

1. 자르는 선을 따라 가위로 오려서 네 조각으로 만들어 주세요.
2. 접는 선을 따라 안쪽으로 한 번 바깥쪽으로 한 번 접어 주세요.
3. 풀칠한 후 같은 번호끼리 모퉁이의 색깔을 맞춰 붙여 주세요.
4. 요리조리 접거나 펴면서 그림에 나오는 내용을 상상해서 이야기해 보세요.

✂ —— 자르는 선

········ 접는 선

① 풀칠

③ 풀칠

② 풀칠

④ 풀칠

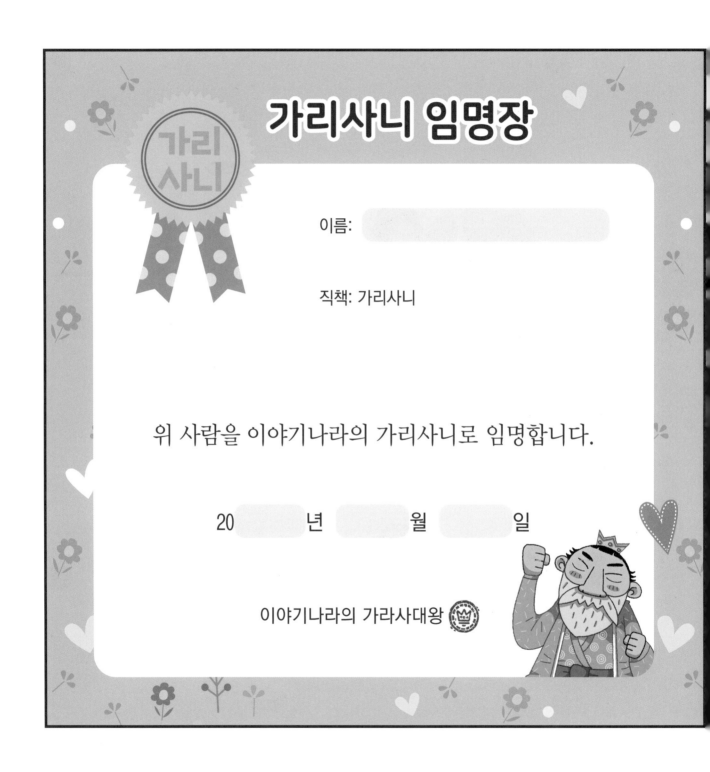

가리사니 임명장

가리사니

이름:

직책: 가리사니

위 사람을 이야기나라의 가리사니로 임명합니다.

20 □□□ 년 □□□ 월 □□□ 일

이야기나라의 가라사대왕

✂ ── 자르는 선
────── 접는 선

2장
토마토 재판

1. 자르는 선을 따라 가위로 오려서 네 조각으로 만들어 주세요.
2. 접는 선을 따라 안쪽으로 한 번 바깥쪽으로 한 번 접어 주세요.
3. 풀칠한 후 같은 번호끼리 모퉁이의 색깔을 맞춰 붙여 주세요.
4. 요리조리 접거나 펴면서 그림에 나오는 내용을 상상해서 이야기해 보세요.

③
풀칠

①
풀칠

세금

④
풀칠

②
풀칠

과일

채소

6

자르는 선
접는 선

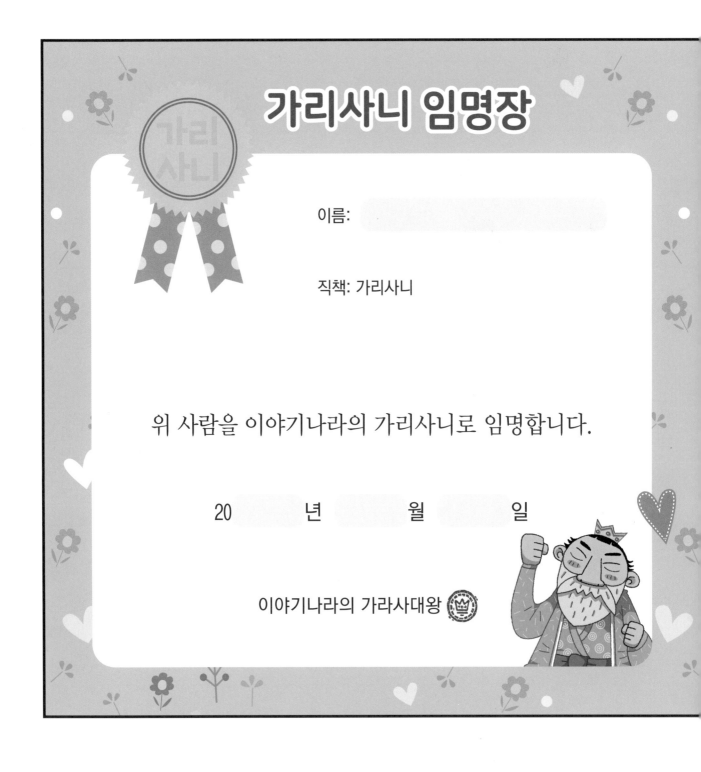

가리사니 임명장

이름:

직책: 가리사니

위 사람을 이야기나라의 가리사니로 임명합니다.

20   년   월   일

이야기나라의 가라사대왕

✂ —— 자르는 선
········· 접는 선

1. 자르는 선을 따라 가위로 오려서 네 조각으로 만들어 주세요.
2. 접는 선을 따라 안쪽으로 한 번 바깥쪽으로 한 번 접어 주세요.
3. 풀칠한 후 같은 번호끼리 모퉁이의 색깔을 맞춰 붙여 주세요.
4. 요리조리 접거나 펴면서 그림에 나오는 내용을 상상해서 이야기해 보세요.

③
풀칠

①
풀칠

④
풀칠

②
풀칠

10

✂ ── 자르는 선
········· 접는 선

① 풀칠

③ 풀칠

② 풀칠

④ 풀칠

✂ —— 자르는 선
········· 접는 선

4장
세상에서 가장 강한 것

1. 자르는 선을 따라 가위로 오려서 네 조각으로 만들어 주세요.
2. 접는 선을 따라 안쪽으로 한 번 바깥쪽으로 한 번 접어 주세요.
3. 풀칠한 후 같은 번호끼리 모퉁이의 색깔을 맞춰 붙여 주세요.
4. 요리조리 접거나 펴면서 그림에 나오는 내용을 상상해서 이야기해 보세요.

13

③
풀칠

①
풀칠

④
풀칠

②
풀칠

14

✂ —— 자르는 선
········· 접는 선

① 풀칠

② 풀칠

③ 풀칠

④ 풀칠

가리사니 임명장

이름:

직책: 가리사니

위 사람을 이야기나라의 가리사니로 임명합니다.

20   년   월   일

이야기나라의 가라사대왕

ㅁㅈㄱ

따끔소녀도 ☐☐☐ 쳤어요.

ㅌㅎㅁ

싹둑각시는 ☐☐☐ 트집을 잡는다고 했어요.

ㄸ

바느질 한 ☐ 이라도 될 거 같아?

ㄴㅂ

옷감의 길이와 ☐☐ 를 누가 재겠어.

ㄴㄷㄷㅎㄷ

다림낭자는 ☐☐☐ 한 얼굴에 웃음을 지었어요.

ㅁ

구슬이 서 ☐ 이라도 꿰어야 보배

ㅅㅅ

옷을 만들고 ☐☐ 하는 일을 하지요.

ㅇㅈㄱㅎ

너 ☐☐☐☐ 좀 해라.

글자를 색칠해 보아요.

툭하면

조그만 핑계가 있기만 하면 버릇처럼
자주 한다는 뜻입니다.

siso study 진짜진짜 독서논술

글자를 색칠해 보아요.

맞장구

남의 말에 맞다고 찬성하는 일을 뜻합니다.

siso study 진짜진짜 독서논술

글자를 색칠해 보아요.

너비

길고 반듯한 것의 가로 길이나 두 물건 사이의
거리를 뜻합니다.

siso study 진짜진짜 독서논술

글자를 색칠해 보아요.

땀

실을 꿴 바늘이 한 번 들어갔다가 나온 자국을
세는 말입니다.

siso study 진짜진짜 독서논술

글자를 색칠해 보아요.

말

곡식이나 액체의 분량을 재는 데 쓰는 그릇이나
분량을 나타내는 말입니다.

siso study 진짜진짜 독서논술

글자를 색칠해 보아요.

넙데데하다

얼굴이 둥글면서 넓고 평평하다는 뜻입니다.

siso study 진짜진짜 독서논술

글자를 색칠해 보아요.

어지간히

정도나 형편이 기준에서 크게 벗어나지 않은
상태라는 뜻입니다.

siso study 진짜진짜 독서논술

글자를 색칠해 보아요.

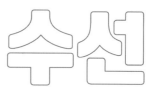

수선

낡거나 고장 난 것을 고친다는 뜻입니다.

siso study 진짜진짜 독서논술

요지카 1
낱말등급 ★★★★☆

ㅇㅌㄷㅇㄷ

닉스 씨는 ☐☐☐☐ 않다고 펄쩍 뛰었대요.

요지카 2
낱말등급 ★★★☆☆

ㅍㄱㅎㄷ

재판에서는 어떻게 ☐☐ 했는지 궁금하지요?

요지카 3
낱말등급 ★★★★☆

ㅊ

이번 ☐ 에 토마토가 과일인지 가려 주세요.

요지카 4
낱말등급 ★★★☆☆

ㄲ

토마토는 한 ☐ 음식을 만드는 데 쓰입니다.

요지카 5
낱말등급 ★★★★★

ㅇㄱㅇㅂㅎㄷ

서로 재판에서 ☐☐☐☐ 하게 되었지요.

요지카 6
낱말등급 ★★★☆☆

ㅍㅈㅎㄷ

과일이라고 ☐☐ 하면 세금을 물지 않아요.

요지카 7
낱말등급 ★★☆☆☆

ㅍㄷㅎㄷ

세금을 거둘지 말지 ☐☐ 하는 일을 했어요.

요지카 8
낱말등급 ★★★☆☆

ㅇㄹ

과일은 ☐☐ 밥을 먹은 뒤에 먹기 마련입니다.

글자를
색칠해 보아요.

재판에서 옳고 그름을 법률에 기대어
결정한다는 뜻입니다.

Siso 진짜진짜 독서논술

글자를
색칠해 보아요.

얼토당토않다

조금도 옳은 데가 없다, 전혀 맞지 않다는 뜻입니다.

Siso 진짜진짜 독서논술

글자를
색칠해 보아요.

일정한 때에 먹는 밥이나 밥을 세는 말입니다.

Siso 진짜진짜 독서논술

글자를
색칠해 보아요.

무엇을 하는 경우나 때를 말합니다.

Siso 진짜진짜 독서논술

글자를
색칠해 보아요.

관계있는 여러 사실을 따져서 결정한다는 뜻입니다.

Siso 진짜진짜 독서논술

글자를
색칠해 보아요.

이게 옳다 저게 옳다고 하면서 서로 말한다는 뜻입니다.

Siso 진짜진짜 독서논술

글자를
색칠해 보아요.

여느 때와 마찬가지로, 늘 하던 대로라는 뜻입니다.

Siso 진짜진짜 독서논술

글자를
색칠해 보아요.

사물에 대한 여러 사정을 따져서 자기의 생각을
분명하게 정한다는 뜻입니다.

Siso 진짜진짜 독서논술

ㅎㄴㅈ

벌써 ☐☐☐ 이 지났어요.

ㅎㅇ

일꾼들이 거세게 ☐☐ 했어요.

ㅈㅂ

불쌍한 이들에게 ☐☐ 를 베푸는 게 왜 나쁜지 모르겠어요.

ㄴㅍㅍㅇ

포도밭에서 일할 ☐☐☐☐ 일꾼들이죠.

ㄸㅎㄷ

이 ☐ 한 사람들에게도 똑같이 품삯을 주고 싶다네.

ㄲㄴ

오늘도 ☐☐ 를 굶을 뻔했어요.

ㅇㅌ

아침부터 일자리를 찾았지만 ☐☐ 못 찾았어요.

ㅂㅍㅇㄷ

일꾼 중에서 제일 ☐☐ 없었어요.

글자를 색칠해 보아요.

항의

옳지 않다고 여겨 따지거나 반대 의견을 말하는 것입니다.

글자를 색칠해 보아요.

한나절

하루 낮의 절반을 뜻합니다.

글자를 색칠해 보아요.

날품팔이

하루 일한 대가를 받고 하는 일이나 그런 일을 하는 사람을 말합니다.

글자를 색칠해 보아요.

자비

남을 깊이 사랑하고 불쌍하게 여기는 마음입니다.

글자를 색칠해 보아요.

끼니

매일 일정한 때에 하는 식사나 그 음식을 말합니다.

글자를 색칠해 보아요.

딱하다

불쌍하고 가엾다는 뜻입니다.

글자를 색칠해 보아요.

볼품없다

겉으로 드러나 보이는 모습이 초라하다는 뜻입니다.

글자를 색칠해 보아요.

여태

지금까지, 아직까지를 말합니다.

요지카 1

낱말등급 ★★★★☆

ㅊㅎ

함께 가서 ◻◻ 해 보자꾸나.

요지카 2

낱말등급 ★★★★★

ㅅㅇ ㅈ ㅁㄷ

바람은 ◻◻◻◻◻ 날려 버려요.

요지카 3

낱말등급 ★★★★★

ㄷ ㅅ ㄷㄷ

나도 ◻◻ 드는 상대가 있답니다.

요지카 4

낱말등급 ★★☆☆☆

ㄱㅆㄷ

옷자락으로 ◻◻ 주었어요.

요지카 5

낱말등급 ★★★★★

ㅇㄹㅈㄹㅎㄷ

아버지가 ◻◻◻◻ 해서 왔다고 했어요.

요지카 6

낱말등급 ★★★★☆

ㄱㄷㅎㅎㄷ

강한 이와 결혼한다고 ◻◻ 하고 있었어요.

요지카 7

낱말등급 ★★★★☆

ㅇㅇㅎㄷ

제가 ◻◻ 한 어른이 되었어요.

요지카 8

낱말등급 ★★★★★

ㅁ

바람에게는 ◻을 못 춰요.

글자를 색칠해 보아요.

거리낌 없이 아주 쉽게 한다는 뜻입니다.

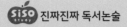 진짜진짜 독서논술

4장 세상에서 가장 강한 것

글자를 색칠해 보아요.

결혼하기를 청하는 것입니다.

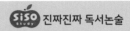 진짜진짜 독서논술

4장 세상에서 가장 강한 것

글자를 색칠해 보아요.

전체를 둘러서 싼다는 뜻입니다.

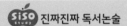 진짜진짜 독서논술

4장 세상에서 가장 강한 것

글자를 색칠해 보아요.

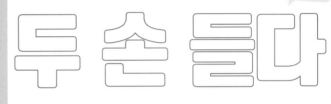

자기 능력에서 벗어나 그만둔다는 뜻입니다.

진짜진짜 독서논술

4장 세상에서 가장 강한 것

글자를 색칠해 보아요.

기대하다

어떤 일이 이루어지기를 바라고 기다린다는 뜻입니다.

진짜진짜 독서논술

4장 세상에서 가장 강한 것

글자를 색칠해 보아요.

이러저러하다

이러하고 저러하다, 이와 같고 저와 같다는 뜻입니다.

진짜진짜 독서논술

4장 세상에서 가장 강한 것

글자를 색칠해 보아요.

기운이나 힘을 뜻합니다.

진짜진짜 독서논술

4장 세상에서 가장 강한 것

글자를 색칠해 보아요.

행동이 당당하고 떳떳하다는 뜻입니다.

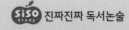 진짜진짜 독서논술

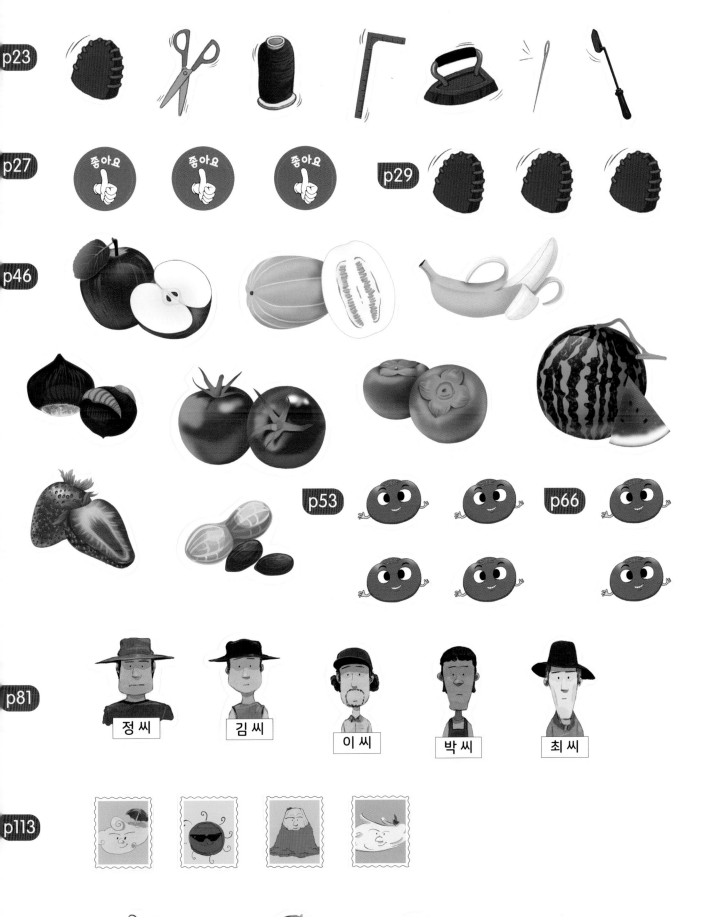

p23

p27 좋아요 좋아요 좋아요 p29

p46

p53 p66

p81

정 씨　　김 씨　　이 씨　　박 씨　　최 씨

p113

p115